Carlos Cuauhtémoc Sánchez

SIN CADENAS

TUVIERON QUE DEFENDERSE

Y ROMPER SUS MIEDOS

PARA REENCONTRARSE

ISBN 978-607-99032-1-3

Derechos reservados:
D.R. © Carlos Cuauhtémoc Sánchez. México, 2002.
D.R. © Ediciones Selectas Diamante, S.A. de C.V. México, 2002.
Mariano Escobedo No. 62, Col. Centro, Tlalnepantla, Estado de México,
C.P. 54000.
Miembro núm. 2778 de la Cámara Nacional de la Industria Editorial Mexicana.
Tels. y fax: (55) 55-65-61-20 y 55-65-03-33
Lada sin costo: 01-800-888-9300 EU a México: (011-5255) 55-65-61-20
y 55-65-03-33 Resto del mundo: (0052-55) 55-65-61-20 y 55-65-03-33
Correo electrónico: informes@esdiamante.com
ventas@esdiamante.com

www.carloscuauhtemoc.com
www.editorialdiamante.com

ÍNDICE

1 Tres cualidades a fortalecer

Owin y Beky jugaban a las damas chinas cuando escucharon golpes insistentes.

—¡Abran! —gritó una voz.

—¿Quién es?

—¡Traemos a su padre! ¡Está enfermo!

Los hermanos se miraron. Beky saltó y abrió la puerta sin preguntar más.

El señor Meneses arrastraba los pies y cabeceaba como si estuviese a punto de desmayarse. Dos hombres lo cargaban. Uno de ellos vestía como doctor.

—¿Qué le pasó a mi papá? —Preguntó Beky.

—Sufrió una crisis nerviosa.

—¿Qué?

El médico abrió su maletín.

—Voy a inyectarle un sedante. ¿Dónde podemos acostarlo?

—Aquí, en el sillón.

El padre de Owin y Beky, delgado, encorvado, de temperamento nervioso, sufría depresiones frecuentes desde que su esposa murió.

Apenas lo recostaron, comenzó a temblar y a emitir gemidos de pánico como si viera fantasmas.

—¿Qué... qué tiene mi... mi papá? —preguntó Owin, tartamudeando, como solía hacerlo—, ¿po... por qué tiembla y llora? ¿Por qué hace esos ruidos?

El hombre de overol azul que acompañaba al doctor, explicó:

—Su papá se comporta de manera muy extraña últimamente. Si algún compañero le hace bromas, él se pone como loco. Hoy, nuestro jefe lo regañó. Le dijo que era un bueno para nada, lo hizo quedar en ridículo frente a todos y lo amenazó con despedirlo. Entonces su papá tomó una barreta de acero y golpeó la maquinaria. Trataron de detenerlo, pero también le pegó a un compañero. Se puso a temblar y a sacudirse.

Owin y Beky permanecieron callados; el doctor terminó de inyectar a su padre. La medicina tardó en hacerle efecto. Jadeaba como si le faltara el aire.

—Papá, cálmate —dijo Beky—, nos estás asustando.

—¡Es injusto! —gritó el hombre con todas sus fuerzas—. ¡Van a correrme del trabajo! ¿Qué va a pasar si me despiden? Tengo dos hijos que mantener —se incorporó—. ¡Injusto! ¡Injusto! Yo siempre he sido un hombre honrado, pero nadie me apoya. Odio la fábrica, odio a mis compañeros, odio a mi jefe. Ojalá que a todos les vaya mal. ¡Se lo merecen!

—Tranquilícese, Meneses —sugirió el médico—, trate de no pensar.

El hombre sudaba como si estuviese ardiendo en fiebre. Luego se giró de espaldas sin cerrar los párpados. Sus hijos lo contemplaron un largo rato. Después, Beky comentó en voz baja:

—Él nunca se había puesto así antes.

—E... es cierto —confirmó Owin—, cua... cuando mamá vivía... nue... nuestra familia e... era muy bonita... pe... pero ahora...

Echó un vistazo alrededor como queriendo explicar. La casa estaba descuidada y los escasos muebles se caían a pedazos; como había comenzado la época de lluvias, muchas goteras hacían tintinear los recipientes llenos de agua distribuidos por la vivienda.

—Nuestra familia *sigue siendo* bella —rebatió Beky.

El doctor escribió una receta, cerró su maletín y dejó sobre la mesa una caja de medicina.

—Su papá está sedado. Dormirá hasta mañana. Que se tome estas pastillas y no vaya a trabajar. Necesita descanso. Si tiene otra crisis llámenme.

Los muchachos asintieron sin poder hablar. Vieron salir al médico y al hombre de overol azul. Se quedaron solos. No hablaron por un largo rato. Después, Beky comentó:

—Debemos animar a papá...

Owin dijo que sí con la cabeza y agregó:

—Siempre que... que él se ponía hi... histérico, ma... mamá le decía co... cosas que lo tranquilizaban... E... ella sabía cómo a... ayudarlo a controlar su... su mal carácter.

Los jóvenes estuvieron callados durante mucho tiempo, dejándose llevar por pensamientos tristes. La chica acarició la cabeza de su padre y el joven se sentó a sus pies.

Beky caminó hasta las repisas donde había libros y notas. Sacó los apuntes personales de su madre. Un cuaderno con escritos redactados a mano, como diario.

Leyó una de las páginas en voz alta:

Siempre me ha costado trabajo exigir mis derechos. Toda la vida me enseñaron a ser callada, tímida y respetuosa en exceso, pero a veces eso ha hecho que los demás abusen de mí. ¡Suelo ser cohibida mientras mi esposo es agresivo! Ninguno de los dos estamos bien. Temo que hemos dado mal ejemplo a nuestros hijos.

Hoy fui a comer con mis compañeros del curso de asertividad (me gustan esas clases; nos enseñan a fortalecer el carácter). En el restaurante, no me gustó el platillo que me dieron, pero me quedé callada. En cambio, una compañera, a la que tampoco le gustó, reclamó. Le cambiaron el plato, y como tampoco le gustó, llamó al capitán de meseros. Ella habló siempre con elegancia y cortesía. Al final le llevaron un nuevo platillo ¡gratis! Fue muy interesante ver cómo mi amiga se dio a valer. ¡A mí me cuesta tanto trabajo hacer eso! Siempre me enseñaron a callarme y a no causar problemas. ¡Pero esto debe acabarse ya!

Por mi bien y el de mi familia, debo trabajar en tres aspectos:

1. **Mi autoestima**. Pensaré que valgo mucho y lucharé contra la timidez, la inseguridad, el miedo a lo desconocido, el deseo exagerado de ser aceptada por los demás.

2. **El control de mis emociones**. Dejaré de ser negativa, pensaré cosas adecuadas para no sentir coraje, vergüenza o preocupación.

3. **La forma de comunicarme**. Hablaré claro y fuerte, de manera cortés. No me prestaré a peleas, amenazas, gritos, insultos o manipulación.

Con los cursos para afirmar la personalidad he aprendido que debo ser valiente, pues muchas cosas solo las conseguiré hablando con firmeza; sin embargo también he aprendido que puedo ganar cualquier discusión exigiendo mis derechos con elegancia, sin ser altanera o grosera. ¡Todo es cuestión de aplicar ciertas técnicas!

Owin le quitó el cuaderno a su hermana y lo hojeó.
—E... esto es interesante... ¿Mamá lo... lo escribió?
—Sí.
Era un verdadero tesoro. ¡Ese cuaderno tenía plasmadas ideas personales de su madre!
—Devuélvemelo —Beky quiso arrebatárselo a Owin, pero el joven lo sostuvo. Estuvieron a punto de romperlo.
—¿Qué... qué haces? ¡Te... ten cuidado!
—Pues dámelo.
—Yo lo guardaré.
El señor Meneses gimió, se incorporó del sillón con ambas manos en la cabeza.
Beky y Owin dejaron de pelear por la libreta.
—Recuéstate papá —sugirió ella—, tienes que descansar.
Sin abrir los ojos, Waldo Meneses les dijo a sus hijos:
—Acérquense, por favor.
Los muchachos obedecieron. El hombre abrió los brazos y atrajo a sus hijos.

—Perdónenme por ser un mal padre.

—No digas eso.

—¡Tengo miedo de fallarles ahora que su mamá nos ha dejado! ¡La extraño tanto!

Los muchachos abrazaron a su papá. Eran una familia resquebrajada: A los chicos se les había derrumbado su soporte emocional y el padre había perdido la estructura de su vida. Tenían que recuperarse pronto o nada volvería a ser igual.

LAS TRES ACTITUDES A FORTALECER EN UN CURSO DE ASERTIVIDAD

REPASO DE CONCEPTOS

01. La asertividad es un rasgo de carácter que *afirma* la personalidad del individuo.

02. La persona afirmativa o asertiva no se deja manipular, y desarrolla tres cualidades básicas:

- **Autoestima:** Seguridad, desenvoltura, personalidad definida, poco deseo de aceptación.

- **Control emocional:** Capacidad para generar ideas positivas y emociones sanas.

- **Poder de comunicación:** Facilidad para decir "no", expresar deseos y discutir sin herir a los demás.

03. A nadie le gustan las discusiones, pero debemos ser valientes, porque muchas cosas buenas solo se consiguen exigiendo nuestros derechos.

PREGUNTAS PARA REFLEXIONAR

01. ¿Alguna vez has perdido algo por miedo a discutir o exigir tus derechos? Relata.

02. ¿Cómo definirías tu personalidad? Describe los aspectos positivos y negativos.

03. ¿Qué necesitas hacer para eliminar tus rasgos negativos? Define propósitos específicos.

04. ¿Qué necesitas hacer para afirmar tus rasgos positivos? Define propósitos específicos.

05. ¿Cómo podrías mejorar tu individualidad, tu control emocional y tu poder de comunicación?

2 El circo de pulgas

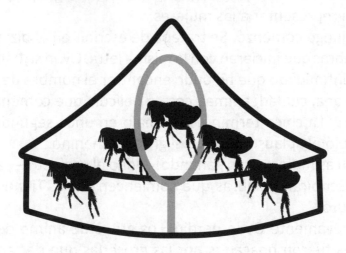

Al día siguiente, Owin y Beky se levantaron temprano para ir a la escuela. Su padre continuaba dormido. No lo despertaron.

Cuando llegaron al salón de clases, encontraron un griterío. La maestra no había llegado. En un ambiente de travesuras, groserías y burlas, los chicos pasaron casi toda la mañana sin ninguna guía. De repente, en la última hora de clases, el prefecto entró y levantó la voz:

—Su profesora enfermó. Contrataron a una suplente. Vendrá a presentarse al rato. Me mandaron a cuidarlos mientras tanto.

—¡Juguemos a algo!

El prefecto era un joven que hacía las veces de portero, vigilante y recadero. Organizó un juego de palabras, hombres contra mujeres. Como representante de los niños, eligió a Owin. Todos abuchearon la elección. Owin se rehusó, pero el prefecto insistió; entonces, sin saber cómo negarse, el joven caminó hacia el frente. Sus compañeros le arrojaron bolas de papel. Owin agachó la cabeza y se mantuvo quieto. Por otro lado eligieron a una chica guapa y lista para representar a las mujeres.

El juego comenzó. Se trataba de escribir en el pizarrón palabras que iniciaran con la misma letra. Owin se hallaba tan intimidado que no pudo encontrar el nombre de una persona, ciudad, animal, cosa o película que comenzara con *v*. La chica terminó su trabajo en unos segundos y recibió el aplauso de todo el grupo femenino.

—¡Las mujeres van ganando! —dijo el prefecto—, ahora escribirán palabras que comiencen con *r*. Tienen un minuto.

Nuevamente Owin perdió. Los gritos de ánimo de las niñas fueron opacados por las groserías que decían los hombres:

—¡Eres un burro, Owin! ¡No sirves para nada! ¡Mejor lárgate! ¡No debiste venir a la escuela hoy! ¡Torpe! ¡Tarado! ¡Ignorante! ¡Bestia!

El prefecto escuchaba las burlas y se reía.

—Vamos a darle otra oportunidad a nuestro amiguito. Estaba un poco dormido. ¿Ya despertaste? ¡Vamos! Ahora no escribirán en el pizarrón, sino que dirán en voz alta las palabras. Empezaremos con la letra *t*. ¡Vamos!

La niña gritó de inmediato:

—Tomás, Toronto, tortuga, tronco, Titanic.

Owin trató de hablar al mismo tiempo, pero su tartamudez se convirtió en freno.

—Te... te... te... te... te...

Todos los chicos rieron.

—¡Es una ametralladora!

—Te te te te te te te te te—. Se burlaron.

Guardó silencio. No se atrevió a regresar a su lugar ni quiso seguir compitiendo contra alguien que, en ese juego, era más rápida que él.

—¡Las mujeres ganamos otra vez! —dijo la chica—, ¡ganamos siempre!

—¡Zopenco! —gritaban los hombres—, ¡eres peor que un animal! ¡Nos das vergüenza!

Las bolas de papel volvieron a lloverle.

Owin, tenía trece años y no le gustaba demostrar debilidad, pero esta vez, frente a sus compañeros, las lágrimas de rabia comenzaron a bordearle los párpados.

—¡Mírenlo! Está llorando. ¡Es una ametralladora gallina!

El prefecto zarandeó al joven y le increpó:

—¿Eres mujercita, Owin? ¿Y por qué no lo habías dicho? De haberlo sabido hubiéramos escogido a otro para que representara a los hombres.

La bulla aumentaba.

Beky se puso de pie.

—¡Basta!, ¡dejen en paz a mi hermano! —el griterío disminuyó un poco—. Él no les ha hecho nada malo... ¡Déjenlo en paz!

Beky caminó al frente. Las bolas de papel comenzaron a caer sobre ambos. Ella le sugirió a Owin en voz baja:

—¡Vamos a la dirección! Debemos quejarnos.

—No, hermana —contestó él—. Si me defiendes será peor.

—¡Acuérdate lo que leímos en el cuaderno de mamá!

—No sé.

—Vamos afuera.

—¡Está prohibido salir! —intervino el prefecto—. Lo siento mucho. ¡Mientras no llegue su maestra, yo mando!

En ese momento se escuchó la voz firme de una mujer.

—Pues tu tiempo de mandamás terminó. Estoy aquí desde hace rato... por si no lo habías notado.

Los gritos fueron bajando de intensidad hasta que se convirtieron en murmullos.

Una mujer joven e impávida los miraba desde la entrada.

—Soy la maestra suplente —caminó—. He estado parada en esta puerta escuchando majaderías...

Los murmullos se apagaron por completo. Todos observaban a la mujer que acababa de entrar al salón.

—Jóvenes —indicó a los hermanos—, hagan favor de regresar a sus asientos, y usted, "prefecto", puede retirarse. Hablaremos después.

El liderzuelo salió del aula como huyendo.

La profesora tenía un rostro fino, cabello negro largo rizado y figura esbelta; parecía una muñeca de colección, sin embargo, en contraste con su belleza física, el ceño fruncido y la boca apretada le daban una apariencia de enfado. Caminó por el aula en silencio.

—Me entristece haberlos conocido en estas circunstancias —dijo después—. Creí que me habían asignado un grupo de jóvenes, y he aquí que llego al salón y me encuentro con un circo de pulgas... —respiró varias veces como para tranquilizarse, siguió explicando—. Hace años, en las ferias, había "circos de pulgas". Las pulgas son insectos muy especiales; a pesar de su pequeñez, tienen enorme fuerza en las patas. Una pulga puede saltar más de seiscientas veces su tamaño. Es como si alguno de ustedes pudiera subir de un salto al techo del edificio más grande del mundo. El domador de pulgas atrapaba a estos insectos, los encerraba en recipientes de cristal. Cada vez que una pulga saltaba, chocaba con la dura superficie del vidrio. Algunas morían. al impactarse contra el cristal. Cuando al fin eran sacadas del encierro, las sobrevivientes habían aprendido que *solo* podían dar saltos pequeños para no lastimarse. El domador les ponía columpios a su alrededor, y las pulgas amaestradas brincaban poquito de un lado a otro sin escaparse. ¡Eso es un circo de pulgas! Ustedes no son capaces de hazañas físicas como las de la pulga, pero sí lo son de hazañas mentales enormes; pueden soñar con altísimos ideales y saltar hacia ellos, pueden imaginar grandes cosas y alcanzarlas. Los hombres multiplican seiscientas veces o más su estatura mental cuando realizan obras artísticas, científicas o de investigación. Tienen grandes capacidades. Son triunfadores en potencia, pero ¿qué pasa si alguien asiste a un salón de clases como este y cada vez que se equivoca recibe el golpe de las burlas? ¿Qué sucede si, cuando opina, le dicen que se calle?, ¿si le arrojan bolas de papel? Esos actos son como golpes en la cabeza, y producen el mismo efecto que el vidrio en las pulgas encerradas. Hace rato fui testigo de cómo atacaron a un compañero. Le dijeron: "burro", "no sirves para nada", "mejor lárgate", "no debiste venir a la escuela", "torpe", "tarado", "ignorante", "bestia", "zopenco", "nos das vergüenza", etcétera.

La lista de insultos, dicha así, de corrido, sonaba exagerada y hasta chistosa. Hubo algunas risitas. La maestra prosiguió:

—¡Este salón es un circo de pulgas! ¡Cada vez que un compañero intenta saltar, los demás lo castigan para que aprenda a que no debe hacerlo! Es la escuela de la mediocridad. Los mediocres fastidian a los soñadores hasta arrancarles sus deseos de triunfar. Pero yo observé la mirada de Owin y pude detectar que es un niño noble e inteligente. Tiene derecho a ser feliz y a lograr grandes metas. Nadie debe hacerlo sentir menos.

Algunos chicos comenzaron a ver a los gemelos de reojo. Beky observaba a la maestra con profundo agradecimiento. Owin apretaba los dientes y miraba al suelo. Su corazón estaba abrumado. Lo habían golpeado tanto que, en efecto, se sentía como un insecto, sin deseos de saltar ni de moverse.

—Owin, pasa al frente —dijo la maestra.

—No... —murmuró—, n... no otra vez.

—Pasa, por favor. Tus compañeros te van a pedir una disculpa.

INDIVIDUALIDAD: NO PARTICIPES EN CIRCO DE PULGAS

REPASO DE CONCEPTOS

01. La mediocridad se origina en ciertos grupos en los que cada vez que un compañero intenta saltar, los demás lo castigan.

02. La escuela de mediocridad se llama *circo de pulgas*. En ella, todo aquel que trata de sobresalir es atacado. Con el tiempo, aprende a vivir atemorizado.

03. Puedes soñar con altísimos ideales y saltar hacia ellos; imaginar grandes cosas y alcanzarlas, anhelar metas enormes y lograrlas. Para ello, debes evitar los circos de pulgas.

04. Los hombres multiplican seiscientas veces o más su estatura mental cuando realizan obras artísticas, científicas o de investigación.

05. Para que un grupo se convierta en semillero de campeones, los compañeros tienen que ayudarse y motivarse unos a otros.

PREGUNTAS PARA REFLEXIONAR

01. Piensa en alguien a quien hayas insultado. ¿Cómo te sentiste después de hacerlo?

02. Piensa en alguien a quien hayas elogiado. ¿Cómo te sentiste después de hacerlo?

03. ¿Puedes convertir a tu grupo de trabajo o estudio en un equipo de campeones? ¿Cómo?

04. ¿Puedes evitar formar parte de los circos de pulgas? ¿De qué forma?

05. ¿Qué obras artísticas, científicas o de investigación vas a proponerte alcanzar para multiplicar tu estatura mental?

3 Las críticas agresivas

Owin se puso de pie. Avanzó despacio y se paró junto a la nueva maestra.

—Escúchenme bien —agregó ella—. Este niño es un campeón. Igual que todos ustedes. Crecerá y sorprenderá al mundo con su enorme capacidad. Lo han herido mucho, así que ahora, cada uno le dirá algo bueno para compensar un poco el daño que le han hecho.

Todos en el salón de clases se quedaron muy quietos. Parecía que no respiraban. Nadie se atrevía a abrir la boca ni a mover un dedo.

—¡Estoy esperando! —insistió la maestra.

Owin espió a sus compañeros con timidez. La mayoría eludía la mirada. En efecto, muchos de aquellos chicos tenían como deporte favorito el criticar, calumniar y herir a los demás. Eran verdaderos domadores de pulgas. La maestra había dado el discurso adecuado en el lugar adecuado. Al ver que nadie hablaba, ella insistió:

—No sé cuánto tiempo voy a ser su profesora suplente, pero mientras esté con ustedes, nuestro salón será un semillero de campeones. Para lograr eso tenemos que ayudarnos y motivarnos unos a otros.

En ese instante sonó el timbre que anunciaba la terminación de clases. Algunos jóvenes comenzaron a recoger sus cosas. La maestra fue hasta la puerta y la cerró con fuerza.

—¡Alto, muchachos! Nadie se retira hasta que hayan sanado un poco las heridas que le hicieron a su compañero.

Silencio.

—¿Quién empieza? —insistió.

Al fin, alguien levantó una mano. Era Beky.

La maestra le dio la palabra.

—Quiero decirte, hermano, que eres muy valiente y muy bueno. Desde que... —titubeó mirando alrededor, después se animó a seguir—, desde que murió mamá yo he llorado mucho y tú siempre me has dado consuelo. Eres un amigo para mí —la voz se le quebró—, y nadie en este salón sabe del gran corazón que tienes —hizo una pausa—, gracias, Owin, por ser mi hermano y mi amigo en las buenas y en las malas...

Algunos compañeros ni siquiera sabían que Beky y Owin eran huérfanos de madre. Segundos después, se escuchó una voz a la izquierda.

—Perdónanos por burlarnos de ti.

Las frases fueron sonando en uno y otro lado del salón.

—Eres inteligente. Sigue adelante.

—No te des por vencido.

—Supe que eres un excelente nadador. Quizá llegues a ser campeón.

—Todos te apreciamos...

—Owin, perdónanos. No te mereces las groserías que te hemos hecho.

Después de algunos comentarios más, volvió el silencio al salón. No solo Owin Meneses había recuperado la alegría, todos en el grupo se sentían aliviados. Ese día aprendieron que es más gratificante decir halagos que insultos, dar reconocimiento que criticar; que todos podemos soñar con altísimos ideales, imaginar grandes cosas y alcanzarlas, anhelar metas enormes y lograrlas, siempre y cuando nos neguemos a ser víctimas de los "domadores de pulgas".

—Pueden retirarse, muchachos —dijo la maestra—. Mañana nos vemos.

Los chicos comenzaron a salir.

Owin y Beky recogieron sus cosas despacio. La profesora los detuvo.

—No se vayan todavía. Quiero hablar con ustedes a solas.

Cuando todos sus compañeros abandonaron el salón, se acercaron a la profesora.

—Hay algo muy importante que debo decirles... —comentó—. Soy maestra suplente y me envían por temporadas a diferentes escuelas de la zona. Este es un plantel conflictivo y nadie quiere trabajar aquí, pero yo revisé la lista de alumnos e identifiqué el nombre de ustedes... Son nombres fuera de lo común... Su madre siempre los mencionaba.

—¿U... usted conoció a nuestra mamá?

—Sí. En los cursos de asertividad.

Owin y Beky quedaron pasmados.

—Su madre era una gran mujer —continuó la maestra—. Siempre estaba alegre y luchaba por superarse cada día. Deben comportarse como hijos dignos de ella.

No se acobarden ante los problemas... recuerden que todos los hombres importantes sufrieron infinidad de ataques. Cada héroe que ahora es admirado recibió cientos de agresiones mientras vivió. Piensen en eso y no se enfurezcan si los molestan o difaman. No crean al pie de la letra a quienes los critiquen. Si consideran que la opinión de los demás es muy importante, terminarán siendo "pulgas amaestradas". Nunca olviden que los criticones jamás trascienden; ellos no dejan huella; se especializan en buscar los errores de la gente y difundirlos; incapaces de crear algo bueno, se dedican a desacreditar los esfuerzos de otros. Aunque suene alarmante, es una realidad que deben aprender: Hagan lo que hagan, siempre habrá personas en su contra. Digan lo que digan, no faltarán quienes cuestionen sus ideas. Aunque se porten bien, hablarán mal de ustedes. Pongan tapones a sus oídos y decídanse a hacer lo que anhelan. No finjan una personalidad diferente para que otros los acepten. Solo sean legítimos, fuertes y decididos en sus objetivos. Si actúan con valor, cuando pase el tiempo se habrán convertido en personas que todos admirarán, pero eso carecerá de importancia para ustedes. Mirarán atrás y dirán: "viví mi vida intensamente, hice lo que debí hacer, fui quien tuve que ser y, lo más importante, la felicidad colmó cada día de mi existencia".

Los chicos se quedaron reflexionando.

—Y usted, maestra —preguntó Beky después—, ¿aceptó el trabajo en esta escuela solo porque identificó nuestros nombres?

—En parte sí, pero hubo otra razón —se detuvo como si estuviese a punto de decir un secreto de vida o muerte; luego agregó—: Tengo un don especial de percepción.

—¿Qué es eso? —preguntó Beky frunciendo las cejas.

—Adivino algunas cosas... a través de... lo que sueño. Estaba indecisa de aceptar el puesto de suplente aquí cuando soñé a muchos jóvenes insultando y arrojando bolas de papel a dos chicos... Pude "verlos" muy bien. Como comprenderán, a veces no me gustan mis sueños y me lleno de tristeza al saber que son cosas a punto de suceder. No soy una bruja. En todo caso podría decirse lo contrario: Soy una amiga que quiere ayudarlos.

—¿Pero hay algo más, verdad? —preguntó Beky—. Es decir, aparte de las ofensas y las bolas de papel, usted *soñó* algo más sobre nosotros dos...

La maestra dijo que sí con tristeza.

—Soñé a su padre.

—Pa... pa... pa... papá está enfermo...

—Sí, aunque no físicamente. Su problema es mental y emocional... No sabe cómo enfrentar su viudez. Sean comprensivos con él. Está confundido. Cada vez cometerá errores más graves... Deben saberlo: se avecina una terrible tormenta en sus vidas.

Owin tragó saliva y protestó:

—E... eso me asusta. No... no tiene idea de... de lo mal que nos ha ido u... últimamente.

La maestra lo miró con ternura. Beky cambió el tema y se despidió:

—Gracias por lo que hizo hace rato con nuestros compañeros... fue hermoso.

—Sí —confirmó Owin—, mu... muchas gracias.

Los siguientes días transcurrieron de forma extraña. El señor Meneses, en efecto, fue decayendo cada vez más. Se comportaba intolerante, colérico y nervioso. Llegaba del trabajo hablando solo y se encerraba en su habitación sin saludar a los chicos. Owin y Beky varias veces optaron por salirse de la casa para ir al deportivo municipal.

Su madre les inculcó el amor por la natación, y aunque desde que ella murió dejaron de participar en competencias, pocas cosas los reconfortaban más que zambullirse en una alberca.

Por otro lado, cada día la maestra suplente les contaba historias que los inspiraban y, después de las clases, charlaba un rato en privado con ellos. Una tarde les dio su tarjeta personal a los hermanos y les dijo:

—Muy pronto tendré que irme. Aquí tienen mi número telefónico. Si la tormenta se vuelve insoportable, no duden en hablarme...

Otra vez había usado la misma comparación. Beky protestó:

—¿A qué *tormenta* se refiere, maestra...? ¡Háblenos claro!

—He estado soñando de nuevo con ustedes... y... han sido cosas... un poco... difíciles de explicar. Deben estar preparados para todo.

Owin y Beky llegaron a su casa y, sin hacer comentarios, barrieron, lavaron los platos y sacudieron. Después buscaron algo de comida en las alacenas. No había mucha; un frasco de mermelada endurecida, dos latas de sardinas y una bolsa añeja de cacahuates rancios. Se comieron todo, luego limpiaron la mesa.

El señor Meneses solía regresar del trabajo a las cinco de la tarde. Ese día dieron las seis, las siete, las nueve, las once, y no llegó. Owin y Beky se preocuparon mucho. Los pensamientos destructivos llegaron a sus mentes y se volvieron cadenas paralizantes.

Beky pensaba: "Tal vez mi papá decidió abandonarnos".

Owin pensaba: "Papá anda en la calle tratando de olvidar sus problemas. Quizá le ocurra un accidente y muera también."

Esas ideas les produjeron un terrible peso de esclavitud. No podían moverse, pero tampoco podían dormir. Fue una noche mala, llena de fantasmas.

Cuando salió el sol, se vistieron con mucha lentitud. De pronto, quedaron helados al ver a su padre parado en medio de la sala. Estaba sudando, lleno de tierra, con los ojos inyectados de sangre y un costal mugriento sobre el hombro.

INDIVIDUALIDAD: SUPERA LAS CRÍTICAS AGRESIVAS

REPASO DE CONCEPTOS

01. Criticar a los demás se ha convertido en un deporte que produce amargura, y la amargura se contagia...

02. Hagas lo que hagas, siempre habrá personas en tu contra; digas lo que digas, no faltarán quienes cuestionen tus ideas; aunque te portes bien, hablarán mal de ti.

03. Cree en tus sueños, ve tras ellos y no te enfurezcas si te difaman o critican. Es parte del camino hacia el éxito.

04. Todas las personas importantes han sufrido infinidad de ataques.

05. Si actúas con valor, a la larga te convertirás en una persona importante, pero eso no te importará porque dirás: "viví mi vida intensamente, hice lo que debí hacer, fui quien tuve que ser y, sobre todo, la felicidad colmó cada día de mi existencia".

PREGUNTAS PARA REFLEXIONAR

01. Haz un pacto con tus amigos: De ahora en adelante vigílense unos a otros para detectar e interrumpir las críticas que hacen a los demás. Quizá se sorprendan de cuan acostumbrados están a molestar a sus compañeros y de lo poco constructivas que suelen ser sus conversaciones.

02. Menciona algunos de los ataques verbales que has recibido y describe cómo te han afectado.

03. Escribe cómo triunfarás y lograrás tus metas a pesar de esa lista.

Observa el radar de emociones

4

El señor Meneses parecía un loco recién escapado del manicomio.

— ¿Dónde andabas, papá? ¿Ya te sientes mejor?

—Sí. Estoy bien. Les tengo una noticia: ¡Vamos a irnos de aquí! Renuncié a mi trabajo.

—¿Re... renunciaste? ¿Y... y de qué vamos a... a vivir?

—Me dieron dinero. Con eso iremos a otra ciudad donde nadie nos conozca. Si tenemos suerte, mañana cruzaremos la frontera.

—No... no... pode... podemos irnos, te... tenemos muebles. Además a... a mamá le gustaba esta casa.

—¡Su madre se fue para siempre! ¡Los muebles son viejos! ¡Esta casa apesta! ¡Debemos once meses de renta y el dueño me ha amenazado! Preparen sus cosas... Nos iremos de inmediato.

Puso en el suelo un costal mugriento que había traído y dio por terminada la discusión.

Owin y Beky tardaron varios minutos en reaccionar. ¿Qué le pasaba a su padre?

—Vamos —dijo la muchacha resignada.

Con movimientos lentos, metieron ropa y algunos libros en una maleta vieja. Aunque tenían pocas pertenencias la valija se llenó.

—¡Esto pesa mucho! —los regañó su papá cuando pasó junto a ellos dirigiéndose al sanitario—, ¡con tantas porquerías no podemos cruzar la frontera! Saquen todo y vuelvan a empacar. ¡Solo lo indispensable!

Owin se puso de pie y se asomó a la cama de su padre con la intención de ver cómo estaba empacando él. En una mochila había acomodado ropa y otras cosas provenientes del costal que trajo.

—¿Qué... qué es... esto? —cuestionó.

Beky se acercó, abrió mucho los ojos y sintió miedo.

—¡Herramientas electrónicas! ¡Tienen el sello de la empresa de mi papá!

El señor Meneses salió del baño y sorprendió a los chicos inspeccionando su valija.

—¡No toquen nada! —gritó—. ¡Dedíquense a lo suyo!

Owin se apartó presuroso, pero Beky se quedó quieta en actitud de reto. Por lo que a ella tocaba, no aceptaría formar parte de un circo de pulgas nunca más. Ni aún en su propia casa.

—Tienes que explicarnos qué es esto, papá —exigió la joven—, ¿lo robaste?

El hombre se mostró ofendido.

—¡No les interesa!

—Sí nos interesa. ¡Lo que tú hagas nos afecta a nosotros!

Waldo Meneses apretó los puños y caminó por la estancia, furioso.

—De acuerdo. Está bien. Mis jefes son unos pillos, unos explotadores, me hubieran mandado a la calle sin un centavo, así que ayer me quedé en la empresa de noche, entré al almacén y cobré mi liquidación *yo mismo.*

Los muchachos se quedaron inmóviles como estatuas. ¿Su padre era un ladrón?

Owin murmuró:

—E... entonces es me... mentira que... que te dieron dinero.

—Bueno, vendí algunas herramientas. Con eso compré los boletos del autobús para irnos de aquí.

—¡Vendiste herramientas robadas! —dijo Beky—. Y nos vamos porque estamos huyendo.

—Eso suena muy exagerado. Nadie nos persigue. Es difícil que hayan notado el faltante.

—¡Pero tarde o temprano lo notarán!

—Y ya no estaremos aquí. ¡Así que apúrense!

Media hora después, la pequeña familia salía de la casa llevando dos mochilas deterioradas con lo más esencial. Se dirigieron a la estación de transporte público y, poco después, viajaban hacia la frontera en un autobús de segunda clase.

Owin miraba por la ventana sin decir palabra. No entendía cómo su vida estaba dando un giro tan terrible. Recordó los malos pronósticos de la maestra y se le hizo un vacío en el estómago. Había relámpagos que amenazaban tempestad. Estaban dejando la casa donde vivieron siempre, abandonando su alberca del deportivo municipal, renunciando a los recuerdos de una existencia feliz al lado de su madre, y obedeciendo a un padre que no había demostrado mucha inteligencia últimamente.

—Tengo ganas de llorar —dijo Beky.

—Yo... yo también —contestó su hermano.

Emociones de temor, tristeza y coraje habían confluido en el corazón de ambos. La tarde empezaba a extinguirse y los últimos rayos diagonales de un sol que se había ocultado ya, avivaban el ambiente con luz ambarina. En pocos minutos sobrevino la oscuridad de la noche. Fue un viaje largo y tortuoso. El autobús hizo algunas paradas para cargar combustible y dejar que los pasajeros estiraran las piernas.

Amaneció y volvió a atardecer. Cuando llevaban treinta y seis horas de viaje, la chica sacó el cuaderno de apuntes personales de su madre y lo abrió. Owin se acercó. Beky tomó la iniciativa de nuevo y leyó en voz alta. El cuaderno decía:

RADAR DE LAS EMOCIONES

En los cursos he aprendido que vivir es como conducir un automóvil. Debo manejar con habilidad y atención, sin pisar el acelerador a fondo en momentos de oscuridad y tormenta, porque puedo sufrir un accidente fatal.

Los hermanos dejaron de leer unos segundos y se miraron,

—¿Di... dice "en momentos de oscuridad y tormenta"? —preguntó Owin.

—Sí.

Voltearon a ver a su padre. Tenía los ojos cerrados y trataba de dormir. Se movía. Apretaba los párpados y murmuraba incoherencias. Su cuerpo parecía exhausto, pero su conciencia no lo dejaba relajarse.

—Si... sigue leyendo, hermana.

En momentos difíciles, necesito frenar un poco para esquivar los obstáculos.

Las emociones se reflejan en un radar, me hacen bajar la velocidad y analizar el camino. Por eso, las emociones son buenas. Aún las que parecen malas.

El **miedo** me permite detectar el peligro y huir de él. Es el más útil mecanismo de defensa. Cuando sentimos miedo, frenamos, calculamos el paso más seguro y volvemos a acelerar esquivando los riesgos innecesarios.

La **culpa** también puede ser buena; me lleva a reconocer mis errores y a cambiar de dirección para no equivocarme de nuevo.

La **sensación de ignorancia** me induce a estudiar y a crecer.

El **orgullo** me lleva a amarme a mí misma y a defender mis derechos.

La **ira** me hace rebelarme contra las cosas que están mal y luchar por el bien.

Las emociones son útiles. No trataré de reprimirlas. Lloraré si estoy triste, reiré si estoy alegre, callaré si estoy nostálgica, me desahogaré si estoy enfadada. No hay nada peor que una persona insensible, con mente de hierro y corazón de piedra.

Los pensamientos deben pulirse, los sentimientos, sentirse. Son señales de **frenado y reacción.** Pueden salvarme la vida.

De igual manera, debo **evitar** detenerme por completo a causa de las emociones. El que se paraliza deja de progresar, madurar, disfrutar la vida, y comienza a enloquecer, pues queda atrapado y las emociones (que eran útiles), se convierten en cadenas de prisión.

A partir de hoy manejaré mi automóvil con agilidad y esmero, en un movimiento continuo hacia delante, poniendo mucha atención al radar de emociones para atravesar con éxito las tormentas del camino.

Comenzaba la segunda noche que pasarían en el autobús y casi había oscurecido por completo. Owin y Beky guardaron silencio, pero en su mente se repetían las frases que acababan de leer e imaginaban que era su madre misma quien las decía.

El viaje a la frontera duraría doce horas más.

Cuando el sol salió, los rayos de luz atravesaron con dificultad las densas nubes que habían tapizado el firmamento. Estaba lloviendo. La ciudad a la que se dirigían, además de ser frontera estaba cerca de la costa, y un fuerte ciclón tomaba forma en el océano.

Los limpiadores del autobús se movían de un lado a otro para despejar el parabrisas.

Beky se dirigió a su padre por primera vez en el viaje y le preguntó con voz suave:

—¿Por qué estamos haciendo esto?

El hombre se giró para verla con expresión de recóndita desolación.

—Porque soy un idiota... —respondió.

—¡Papá! ¡Regresemos! Devuelve lo que robaste.

—No puedo. Además de robar, hice otras tonterías. Les falté al respeto a mis jefes. Grité cuando debí permanecer callado y callé cuando tuve que hablar. Discutí tontamente y me hice de muchos enemigos; ahora solo me resta desaparecer del mapa.

Los jóvenes movieron la cabeza en señal de desacuerdo y no objetaron más.

Cerca de las diez de la mañana, después de dos días y dos noches de viaje, el autobús arribó a su destino. La estación fronteriza estaba lodosa y con baches llenos de agua.

Cuando el enorme vehículo terminó de estacionarse siseando por los frenos de aire, ocurrió algo que dejó sin aliento a los muchachos: El señor Meneses dio un fuerte golpe en la codera de su asiento al mirar por la ventana. Un grupo de policías armados esperaban en el cobertizo.

CONTROL EMOCIONAL: OBSERVA TU "RADAR DE EMOCIONES"

REPASO DE CONCEPTOS

01. Todos vivimos como regidos por un radar que detecta nuestras emociones y nos indica si debemos acelerar o frenar.

02. Las emociones positivas, como la alegría, el entusiasmo y la euforia, nos inducen a acelerar. Las emociones negativas, como el miedo, la vergüenza o la tristeza, nos impulsan a frenar.

03. Debemos observar el radar de emociones porque puede salvarnos la vida. Por otro lado, no podemos detenernos por completo motivados por las emociones pues comenzaríamos a enloquecer.

04. Tú eres un campeón. Los campeones avanzan decididos, disminuyen su velocidad cuando perciben una emoción de frenado, y ponen mucha atención para atravesar con éxito las tormentas del camino.

PREGUNTAS PARA REFLEXIONAR

01. Haz una lista de quince emociones distintas, ¿son emociones de frenado o aceleración? Clasifícalas.

02. Las cosas que van sucediendo durante el día te producen emociones. Menciona una que hayas sentido en los últimos días y explica qué mensaje había en ella.

03. ¿Alguna vez te has sentido mal, sin saber por qué? ¿Descubriste la razón? ¿Qué debemos hacer cuando nos sentimos irritados o tristes sin saber por qué?

04. Haz un análisis de tu vida y escribe las tres emociones que te han acompañado con mayor frecuencia. ¿Qué significan?

5 ¿Pasivo, agresivo o asertivo?

Los pasajeros comenzaron a bajar.

El señor Meneses se acercó a sus hijos y dijo:

—Tengo que confesarles algo. La otra noche, en la empresa... —echó un furtivo vistazo alrededor—, abrí la oficina del gerente y robé el dinero de la caja chica...

Sacó un pequeño fajo de billetes; no eran muchos, pero suficientes para fugarse del país. Owin y Beky escuchaban aterrados.

—Esos policías... —continuó Waldo Meneses—, tal vez me busquen a mí. Tendremos que separarnos —quitó la liga de los billetes y le dio a los niños la mitad—. Yo puedo escapar si estoy solo. Juntos nos atraparían. Bajen y caminen disimuladamente. Vayan a la plaza central del pueblo, frente a la catedral. Ahí los veré.

—No... no papá —dijo Owin.

—Tengo miedo —comentó Beky.

Al mencionar la palabra *miedo*, ambos recordaron los apuntes y se dieron cuenta que era una emoción de frenado. ¡Había que detener a su padre en esa loca idea y corregir el rumbo!, pero ¿cuál era el correcto?

—Las cosas empeorarán —lo aseguró Beky—, es mejor entregar todo y pedir perdón.

—¡No digas tonterías! Si hago eso me meterán a la cárcel.

—¡Pero papá, de todas formas...!

—¡Cállate!

El señor Meneses temblaba, y por la cara le corrían chorros de sudor.

—Déjenme. Váyanse ya. ¡Pronto!

Los muchachos se repartieron el dinero y lo escondieron en el interior de sus zapatos. Tomaron, como único equipaje, la libreta de su madre. Caminaron hacia la salida del autobús. Frente a ellos, una señora obesa intentaba pasar por la puerta con cuatro bolsas de plantas y comida. Varios hombres trataban de ayudarla desde abajo.

—Si nos da los paquetes, podrá salir mejor.

—No hace falta. ¡Yo puedo hacerlo!

Verla en su terca obstinación de cruzar con semejante cargamento por un espacio en el que a duras penas cabía ella sola, era digno de asombro e hilaridad. Cuando al fin pudo dar el último paso, una de sus bolsas de plástico reventó, ella tropezó y un ramillete de verduras se regó por el suelo.

Mientras policías y mirones ayudaban a la voluminosa mujer a levantarse, los niños aprovecharon para bajar con cautela del autobús y caminar hacia la estación. Se ocultaron detrás de un enorme pilar y observaron a lo lejos. La señora se había incorporado y trataba de atar sus verduras con el plástico de la bolsa rota. Los pasajeros estaban recogiendo sus respectivas maletas.

Owin y Beky guardaron el aliento y se quedaron quietos. Frente a ellos, en el pilar, había un póster publicitario en el que se invitaba a todos los transeúntes a participar en una convención internacional de comunicación eficaz.

Owin lo observó y dijo a su hermana:

—E... esas clases so... son como las que to... tomaba mamá.

—Owin, no te distraigas. Concéntrate.

Owin siguió mirando el póster como tratando de evadir su nerviosismo. La publicidad impresa decía:

¿CÓMO SE COMPORTA USTED CUANDO TIENE PROBLEMAS?

¿PASIVAMENTE?: Callado, inhibido, manipulado por otros, enojado en secreto y lleno de rencor.

¿AGRESIVAMENTE?: Autoritario, violento, decidido a todo, malhablado, dispuesto a pelear.

¿ASERTIVAMENTE?: En el punto medio entre la pasividad y la agresividad. Hablando con franqueza sin ofender, siendo sincero sin irritar, defendiendo su dignidad, sin manipular.

¡La asertividad es una destreza que se desarrolla con la práctica!

Acude a nuestro seminario

Al fin comprendió un concepto de gran valor. La diferencia entre ser pasivo, agresivo y asertivo. Quiso despegar el cartel publicitario, pero estaba adherido con un fuerte pegamento.

—¡Deja eso, hermano. Mira para allá.

Los pasajeros recién llegados en el autobús se habían retirado llevándose sus maletas. En el enorme compartimiento solo quedaban dos mochilas viejas. Las de su padre.

El policía que parecía al mando se asomó al interior del autobús sorprendido porque no bajaba nadie más. Ordenó a sus subalternos primero que revisaran la etiqueta de las maletas olvidadas, y después que las abrieran. De inmediato hallaron los aparatos robados. Entonces comenzaron a actuar con rapidez. Dos de los agentes subieron al autobús.

Owin y Beky estaban aterrados.

Con toda seguridad, hallarían a su padre escondido entre los asientos. Quizá trataría de huir y sería acribillado a balazos por los policías.

—¡No, Dios mío! —murmuró el muchacho—. Que mi padre actúe tranquilamente...

Uno de los oficiales bajó del autobús y gritó con fuerza:

—Aquí adentro no hay nadie. O el señor Meneses no venía en el camión o escapó sin que lo viéramos.

—¡Búsquenlo por los alrededores!

Owin murmuró:

—¡Vámonos de aquí! —murmuró Beky.

Echaron a correr tan de repente que el movimiento fue notorio para los policías.

—¿Vieron esos niños? —preguntó el comandante, y acto seguido ordenó—: ¡Vayan tras ellos!

La estación de autobuses estaba colmada de transeúntes. Como en un videojuego, Owin esquivó, obstáculos, pilares, sillas y gente que iba y venía. Beky no tuvo la misma habilidad. Cometió el error de los corredores novatos: miró hacia atrás. Al hacerlo se topó con un viajero y rebotó cayendo al suelo. Se levantó, pero volvió a girar la cabeza y se tropezó de nuevo. Los policías la alcanzaron.

—¿A dónde vas con tanta prisa, niña? —la detuvieron para llevarla de vuelta con el comandante.

Owin llegó a la calle, jadeando, y se agazapó de espaldas a la pared del edificio esperando a Beky. ¿Dónde estaba? Quizá en el intento de esconderse había tomado un camino distinto. Regresó sobre sus pasos con mucho sigilo. Recorrió despacio la enorme y concurrida sala general de la estación. Miró de un lado a otro. Fue inútil. Salió de nuevo y cruzó al otro lado de la calle. De frente al edificio, echó un amplio vistazo a la acera. Su hermana no estaba. De pronto, sintió una mano como de hierro que le apretaba el cuello.

—¿Buscas a alguien? —le preguntó un policía.

—N... no... —contestó—, e... estoy esperando que.. que llegue mi... mi tío... en un autobús.

—¿De veras? ¿Entonces no te importa que castiguemos a una niña que acabamos de capturar?

—¿Be... Be... Beky?

—Sí, Beky.

El agente atravesó la calle llevando al chico de regreso sin aflojar la presión que ejercía sobre su cuello.

PODER DE COMUNICACIÓN: REACCIONA ASERTIVAMENTE

REPASO DE CONCEPTOS

01. Existen tres formas de reaccionar ante los problemas: Pasiva, agresiva o asertiva.

02. La pasividad es producto de la inseguridad: Si alguien se encuentra en un país ajeno y no domina el idioma, será pasivo en las discusiones. Lo mismo le ocurrirá a quien tema, y le afecte demasiado, cometer errores. El pasivo se comporta callado, inhibido, manipulado por otros y, en ocasiones, enojado en secreto.

03. La agresividad también proviene de la inseguridad, pero se manifiesta de forma opuesta: con autoritarismo, violencia y malas palabras.

04. Cuando alguien se siente seguro de sí mismo, deja de ser pasivo o agresivo y se comporta en el punto medio: Hablando con franqueza sin ofender; siendo sincero sin irritar; defendiendo su dignidad, sin manipular. Esto se llama ser asertivo. Es una muestra de madurez.

PREGUNTAS PARA REFLEXIONAR

01. Cuando te sientes inseguro ¿cómo sueles comportarte? ¿Pasiva o agresivamente? ¿Qué consecuencias te ha traído portarte así?

02. Describe a dos personas que conozcas bien, una pasiva y otra agresiva. ¿Qué piensas de ellas, en general?

03. Ahora describe a una persona asertiva. ¿Conoces a alguien así?

04. La asertividad se desarrolla con tres factores ¿cuáles son?

6 El juego de la manipulación

Frente al autobús, cuatro policías uniformados y tres vestidos de civil habían vaciado las mochilas sobre el piso mojado. La ropa de los hermanos estaba siendo esculcada. Los aparatos electrónicos habían sido separados y resguardados sobre una manta seca. Beky, afianzada por un oficial, miraba la escena.

—Ya encontramos a tu hermanito.

El que parecía de mayor rango caminó hacia un cubículo y ordenó:

—¡Traigan a los muchachos!

Owin y Beky fueron conducidos a una bodega para utensilios de aseo. En el interior había escobas, cubetas, jabones y dos sillas apretujadas. Los vidrios pintados daban al pequeño recinto la apariencia de un sanitario público sin inodoro.

—No escaparán, ¿verdad amigos?

Movieron la cabeza.

—¡Suéltenlos! —los subalternos obedecieron. Owin se sobó el cuello; Beky la muñeca—. Tomen asiento. Soy Hermenegildo López, jefe de investigaciones fronterizas. Su padre fue reportado por la policía federal como el presunto responsable de haber provocado un incendio en su empresa. Según tenemos entendido, el señor Waldo Meneses entró a las oficinas y vació combustible. Después salió y les prendió fuego. Por fortuna, los bomberos llegaron a tiempo y pudieron evitar una tragedia mayúscula, pero varias habitaciones con archivos importantes se quemaron.

Los chicos tenían la boca seca. ¿Entonces no buscaban a su padre solo por el robo de herramientas y dinero sino también por haber tratado de quemar su compañía?

—Ahora ustedes me ayudarán a encontrarlo. Si él se entrega, seremos benevolentes, pero si continúa huyendo, lo meteremos a la cárcel de por vida.

Beky miró hacia el suelo y sintió que la tierra se movía.

—¿Van a cooperar?

La joven dijo que sí, pero Owin le tomó la mano y la apretó para que se mantuviera callada.

—No traten de hacerse los héroes; el hombre a quien buscamos llegó con ustedes en ese autobús. Saben adónde se ha ido, ¡así que díganmelo!

Beky miró con ojos suplicantes a su hermano como diciéndole "tenemos que hablar, es por el bien de todos", pero Owin negaba con la cabeza.

El comandante López usó otra estrategia de tortura:

—Ustedes también pueden ser acusados de cómplices. Si ocultan información a la policía los encerraremos en un centro de rehabilitación para delincuentes juveniles. ¡No se imaginan lo que es eso! Han sido rebeldes. Sálvense a tiempo y limpien su conciencia. Según supe, le provocaron tantos corajes a su madre que murió por culpa de ustedes... No le hagan lo mismo ahora a su padre.

Beky protestó sin poder evitar un mohín de rabia:

—¡Mi madre murió de cáncer!

—¡Claro! ¿Ven lo que digo? El cáncer se ocasiona por disgustos —mintió el comandante—. ¡Ustedes se lo produjeron! No lo pueden negar. Saben que es cierto. Tienen la culpa de todo lo malo que ha pasado en su casa. Pero yo les voy a dar la oportunidad de corregir el rumbo de su vida y ser buenos por primera vez.

Beky sentía que le faltaba el oxígeno. Owin se mantenía impasible.

—¿Dónde está su papá?

—No... no se... se lo diremos.

—Por lo visto —continuó Hermenegildo—, desconocen los castigos que recibirán. Ignoran el código penal de la frontera. Si tan solo supieran... —suspiró de forma teatral—. Están violando las leyes.

Beky se acercó a Owin y le habló al oído con lágrimas de angustia.

—Hay que decirle...

Owin movió la cabeza. Hermenegildo López miró a los chicos y fue hasta la puerta.

—Jamás han estado presos, ¿verdad? Algunos jóvenes acaban suicidándose. Sienten claustrofobia. A ustedes y a su padre les pasará eso si no cooperan. Prueben un rato mientras se ponen de acuerdo.

El verdugo salió del privado cerrándolo con llave por fuera. En cuanto la puerta se cerró, la improvisada prisión quedó en penumbras. Solo entraba luz por una franja superior del vidrio. Beky se había quebrantado. No podía con la carga que el comandante Pérez había puesto sobre sus hombros. Owin, en cambio, trabado por el coraje, detectaba la manipulación de la que habían sido objeto, y eso lo enfurecía aún más.

—Confesemos —sugirió ella—. Digámosle al oficial dónde encontrar a papá.

—E... este tipo es muy... muy malo. Si... si... esto nos hace a nosotros, i... imagínate lo que le hará a él. Además, se burló de mamá. Dijo que tú y yo la matamos. E... es un mentiroso.

Como parte de la tortura psicológica que perpetraba, el policía decidió dejar a los chicos encerrados durante casi dos horas. En ese tiempo, Beky se calmó y Owin regresó poco a poco a sus cabales.

Analizaron el lugar. La puerta estaba cerrada con llave y no había por dónde fugarse. Tenían que esperar. Owin leyó al azar una página de la libreta de su madre y comenzó a reírse; luego se la dio a Beky para que la revisara.

—Mi... mira lo que di... dice aquí...

He puesto atención a mi radar de emociones para frenar y acelerar, sin embargo, he descubierto que otros pueden manipular ese radar.

Las emociones provienen del pensamiento. Si alguien asegura que mi esposo me engaña, me siento traicionada; si me amenazan con recibir un terrible castigo, el miedo me domina, si dicen que mis hijos sufrieron un accidente, me embarga una angustia terrible. ¡Pero todo puede ser mentira o exageración para inducirme emociones!

Hoy he aprendido que a muchas personas les agrada jugar este juego. Se llama manipulación. El manipulador tratará de influir en mí con frases como: "¿No has leído ese libro?, ¡es increíble!", "¿no estás al tanto de la última noticia?, ¿en qué mundo vives?", "eres una ignorante", "reconócelo, te equivocaste otra vez", "todo lo haces mal", "consulta antes de actuar", "me has hecho daño", "¡qué decepción!", "nunca lo creí de ti", "recibirás tu merecido", "te arrepentirás", "no sabes lo que te espera".

Cuando el manipulador usa esas frases está jugando a la guerra emocional: Su objetivo es quebrantarme. Él gana si logra hacerme sentir vergüenza, culpa, tristeza, ira o miedo; yo gano si me mantengo tranquila, alegre e indiferente.

Algunos manipuladores incluso llegarán al extremo de cometer injusticias conmigo, tratando a toda costa de intimidarme. No caeré en esa trampa. El tirano casi siempre tiene un jefe al que debe rendirle cuentas. Tendré el valor de levantar la voz con seguridad y advertirle que deseo hablar con su superior para quejarme.

Aprenderé a defenderme en el juego de la manipulación. Con mucha frecuencia me encontraré en medio de él, aunque no quiera. Es parte de la vida porque estoy rodeada de gente a la que le fascina jugarlo.

Beky se limpió la cara y sonrió también.
—¡Es increíble lo que dice esta libreta!
Alguien introdujo con lentitud una llave en la chapa exterior de la puerta y la giró poco a poco.
Era Hermenegildo López.

CONTROL EMOCIONAL: DEFIÉNDETE EN EL JUEGO DE LA MANIPULACIÓN

REPASO DE CONCEPTOS

01. Los pensamientos intensos o repentinos se convierten en emociones, y las emociones te hacen frenar o acelerar. Si una persona logra influir en tus pensamientos de manera drástica, tendrás emociones provocadas y quizá terminarás actuando como le conviene a esa persona.

02. Ponte alerta cuando alguien te diga frases que te produzcan emociones de vergüenza, culpa, tristeza, ira o miedo. Tal vez te estén tratando de manipular.

03. Algunos manipuladores cometerán injusticias contigo. Ten el valor de levantar la voz con seguridad y advertirle al tirano que deseas hablar con su jefe para quejarte.

04. Evita caer en el juego de la manipulación. Estás rodeado de gente a la que le fascina jugarlo.

PREGUNTAS PARA REFLEXIONAR

01. Piensa en un amigo o familiar a quien conozcas bien. ¿Qué frases le harían sentir miedo, ira, tristeza o culpa? ¿Te das cuenta de lo fácil que sería manipularlo? Ahora piensa lo fácil que sería para otras personas manipularte a ti.

02. ¿Qué beneficios crees que obtendría un manipulador perverso al infundirte emociones negativas?

03. Describe un momento de tu pasado en el que, sin saberlo, te dejaste manipular por alguien.

04. ¿Qué acciones concretas puedes realizar para no caer en el juego de la manipulación?

7 La decisión de obedecer o no

—¿Cómo se sienten después del encierro? —preguntó Hermenegildo López.

Los chicos se quedaron callados. En realidad estaban mucho más tranquilos y seguros que antes.

—Vengan conmigo —dijo el comandante comenzando de nuevo el juego de la manipulación—. ¿Observan las marcas sobre el costado del autobús? Su padre se descolgó por esa ventana y cayó al suelo. Aquí mismo. Tenemos evidencias de su delito y de su mala fe. Puedo hundirlo para siempre, ¡y a ustedes también!, pero voy a ser compasivo si me ayudan a encontrarlo pronto.

Otro autobús de pasajeros que abandonaba los andenes pasó frente a ellos con lentitud y se dirigió a la salida. Owin lo miró.

—Ya sé lo que estás pensando —aseguró el policía—, pero no creo que tu padre se vaya de esta ciudad dejándolos a ustedes dos aquí solos.

En ese momento, se escuchó un fuerte impacto de metales chocando y el inconfundible fragor de vidrios rompiéndose. Hubo gritos y confusión. Un automovilista que manejaba a toda velocidad se había incrustado en el costado del autobús que salía de la estación. Los policías corrieron al sitio del accidente. El comandante López caminó un poco. Owin y Beky se miraron un segundo y echaron a correr en sentido contrario.

—¡Alto ahí! —les gritó Hermenegildo López.

Como sus subalternos estaban lejos, corrió él mismo detrás de los chicos.

Salieron a la calle, cruzaron al otro lado de la acera sin precaución y, aunque el tráfico se había detenido por el accidente, alguien les tocó el claxon a lo lejos.

—¡El comandante viene siguiéndonos! —dijo ella.

—¡Co... corre! —exigió él—, no... no voltees.

Atravesaron calles y avenidas. Entraron a un mercado y trataron de perderse entre la gente; vieron hacia atrás y detectaron a su perseguidor.

—¡Ahí viene!

En un acto desesperado por escabullirse, levantaron el mantel plástico de la mesa en una carnicería y se metieron debajo. Había vísceras y desperdicios de animales por doquier. Se taparon la boca para no respirar. Después de unos minutos, salieron. Hermenegildo López había pasado de largo. Un hombre de traje oscuro, estático frente al puesto de carne, los había visto salir debajo de la mesa y no les apartaba la mirada. Los chicos dudaron.

—Perdón, señor. Es que nos están persiguiendo.

—Ya me di cuenta. Vengan...

Necesitaban la ayuda de una mano amiga, y lo siguieron. El hombre entró a una librería; dentro del local abrió la puerta de madera que comunicaba a un modesto despacho.

—Pasen, pronto.

Beky sintió miedo y detuvo a su hermano, pero Owin le hizo un ademán de confianza. El sujeto entró con ellos a la oficina y preguntó:

—Los persigue la policía, ¿verdad?

Owin y Beky se quedaron callados.

—No teman —dijo el hombre cuya pulcritud desentonaba en el mercado—, no los acusaré. ¿Por qué huyen?

—No hicimos nada malo —dijo la chica—, ese policía nos estaba torturando para que le dijéramos donde está nuestro papá, pero nosotros no sabemos eso.

—¿Los torturó?

—Sí... Nos encerró en una bodega de limpieza y nos dijo cosas horribles.

—Caray —el hombre negó con la cabeza—, las autoridades deberían ayudar a la gente. De hecho cuando una autoridad nos pide que nos detengamos, debemos hacerlo. Suele ser por nuestro bien.

Owin se animó a protestar:

—¡E... en la vida nadie puede obligarnos a detenernos! Pa... para eso están las emociones propias: Cua... cuando sentimos miedo, vergüenza, coraje o... o... o tristeza, debemos frenar un poco y reaccionar porque quiere decir que e... e... estamos haciendo algo mal, pero si o... otra persona trata de causarnos esas emociones es po... porque desea manipularnos a su antojo.

El sujeto de traje negro frunció las cejas. Bajó su bolsa de filetes recién comprados y opinó:

—A veces los padres o maestros tratan de infundir emociones a sus niños para que se detengan en una conducta equivocada, ¡y eso está bien!

—¡E... es ma... manipulación! —aseguró Owin.

—No necesariamente. Creo que las autoridades *tienen derecho* —acentuó las palabras—, a hacernos sentir miedo, vergüenza, coraje o tristeza, si es por nuestro bien.

—¿Y cómo sabremos si es por nuestro bien? —cuestionó Beky.

—Bueno, analizándolo: Pregúntense siempre: ¿la persona que me da una orden, me respeta, me envidia o me odia? ¿Si yo la obedezco, ella gana algo que le conviene, pero me perjudica a mí? ¿Se preocupa realmente por mi bienestar o solo le interesa el suyo? ¿Me exige que guarde el secreto? ¿Está cuerda? ¿No se halla fuera de sí, o bajo el efecto del alcohol o la droga? ¡Analizar esto es clave para saber si debemos obedecer o no!

—He... hermana. Ya vámonos —murmuró Owin—, se... se nos va a hacer tarde.

El hombre fingió no escuchar al muchacho y concluyó:

—¡Si detectan que una autoridad tiene buenas intenciones, están obligados a escucharla y obedecerla!

Beky resumió el argumento opuesto:

—Pero, usted lo ha dicho: podemos desobedecerla si a esa autoridad no le interesa nuestro bienestar, nuestra familia o nuestro futuro; si nos exige que guardemos el secreto, si ha tomado alcohol o droga, está fuera de sí o trata de utilizarnos para obtener algo que le favorece a ella y nos perjudica a nosotros. ¿No es cierto?

—Así es.

—Pues ese policía quiere atraparnos para usarnos como carnada y capturar a papá. A él no le importa si somos huérfanos de madre y estamos en la ruina. ¡Se burló de eso! Tampoco le interesa cuánto hemos sufrido ni cuánto sufriremos si meten a mi padre a la cárcel. Al obedecerlo, él nos perjudicará y se beneficiará quizá recibiendo una felicitación.

—¡Vaya! —dijo el hombre—, ustedes sí que son inteligentes.

En ese momento Hermenegildo López entró a la librería y tocó la puerta del despacho.

—¡Abran! —dijo desde afuera—. Estoy buscando a unos jóvenes. ¡Me dijeron que se escondieron aquí!

Hubo segundos de silencio. Beky palideció, Owin comenzó a retorcerse los dedos.

El hombre de traje negro señaló para que lo siguieran al fondo del despacho. Había un pequeño sanitario sobre cuyo lavabo se proyectaba la burda herrería de dos ventanitas viejas que parecían haber permanecido cerradas durante mucho tiempo. Jaló una de las manijas y el marco se desprendió de las bisagras.

—Salgan por aquí. Tengan cuidado al caer del otro lado.

Ayudó uno a uno a los chicos.

Hermenegildo López seguía llamando a la puerta con más insistencia.

CONTROL EMOCIONAL: APRENDE A OBEDECER Y A DESOBEDECER

REPASO DE CONCEPTOS

01. A veces los padres o maestros tratan de infundir emociones a los jóvenes para que se detengan en una conducta equivocada. Eso no es manipulación sino educación.

02. Las autoridades tienen derecho a hacernos sentir miedo, vergüenza, coraje o tristeza, si es por nuestro bien.

03. ¿Cómo saber si una persona trata de manipularme o de educarme? Analizando: ¿Me envidia, me odia o me aprecia? ¿Si la obedezco, ella gana algo y yo salgo perjudicado? ¿Se preocupa por mi bienestar o solo le interesa el suyo? ¿Me exige que guarde el secreto? ¿Se halla ofuscada en grado extremo o bajo el efecto del alcohol?

04. No siempre debemos obedecer a quien nos da una orden, todo depende de las respuestas anteriores.

05. Normalmente, los padres y maestros merecen nuestro respeto y obediencia, porque las emociones que nos infunden son para nuestro bien.

PREGUNTAS PARA REFLEXIONAR

01. ¿Por qué crees que muchos jóvenes no obedecen a las autoridades buenas, pero sí a los compañeros manipuladores?

02. Haz una lista de las autoridades buenas a quienes deberías obedecer.

03. Haz una lista de las personas que te han tratado de manipular para su conveniencia y a quienes no deberías obedecer.

04. ¿Crees que alguna de las personas que anotaste pueda pasar en el futuro de una lista a otra? ¿En qué casos?

8 Habla como te gustaria oír

Owin y Beky echaron a correr. En pocos minutos habían abandonado el mercado y seguían atravesando calles sin rumbo fijo. El cansancio los hizo disminuir la velocidad. Nadie los seguía ya. Exhaustos, se detuvieron para preguntar dónde estaba la plaza central. Tenían que avanzar unas cuadras más. Siguieron las indicaciones y, después de veinte minutos, llegaron al sitio convenido con su padre.

El sitio estaba empapado por la lluvia discontinua del ciclón que parecía retirarse poco a poco. Se sentaron en una banca frente a la catedral.

—¿Tú crees que venga papá? —preguntó Beky.

—No... no lo sé —dijo Owin con los ojos cristalizados.

Cerca de las cinco de la tarde, sintieron hambre.

—En aquel carrito venden hamburguesas —comentó Beky—, ¿compramos una?

—S... sí. Va...vamos.

Atravesaron el parque, y pocos minutos después regresaron a su banca con los alimentos. Estaban comiendo cuando se acercó a ellos un joven vagabundo más o menos de su misma edad.

—¿Me compran un billete de lotería? —preguntó con voz entrecortada.

—No tenemos dinero —mintió Beky.

—¡Por favor... hagan una obra de caridad!

El muchacho andrajoso parecía mareado. Cabeceó y estuvo a punto de caer encima de ellos.

—¡De... déjanos en paz! —espetó Owin apartándolo.

El chico los miró confundido, y haciendo un esfuerzo caminó hacia la banca contigua.

Owin sostenía su hamburguesa a medio comer.

—Ya... ya no tengo hambre... —dijo.

—Yo tampoco —contestó Beky.

Se quedaron mirando al vagabundo que se había dejado caer sobre el cemento mojado con los ojos abiertos. Aunque ya no llovía, el ambiente invernal era húmedo y frío.

—¿Lo ayudamos?

—¿Co... cómo?

—Podemos darle esta comida.

—No... no creo que... que la quiera. Pa... parece drogado.

—Intentémoslo.

Owin se levantó y le llevó su hamburguesa. El vagabundo daba la apariencia de estar dormido. Owin lo movió.

—¿Qué pasa? —preguntó abriendo los ojos.

—To... toma.

Sin dar las gracias ni voltear hacia arriba, se sentó y comió despacio. Luego volvió a recostarse sobre el cemento encharcado.

Owin regresó a la banca con su hermana. Se sentía apesadumbrado. Él siempre se había considerado un chico infeliz, pero hallaba de pronto a otro joven cuyo sufrimiento parecía mucho mayor.

Buscó a su padre en el entorno de la catedral. Fue inútil. Un vigilante del parque se acercó a ellos y pasó de largo hasta llegar al joven mendigo.

—¡Pordioseros, drogadictos! —murmuró—. ¡Son una peste! ¿Cuándo entenderán que deben mantenerse alejados de esta plaza?

Tomó al chico por los brazos y lo arrastró hasta una esquina, cerca de la calle para que no estorbara.

—¡Basura humana! —comentó.

Owin no pudo contenerse, y movido por la ira repentina protestó:

—E... ese joven no es basura. Tie... tiene problemas y necesita ayuda. Usted de... debería llevarlo con un médico.

El cuidador volteó asombrado por el reclamo.

—No es mi obligación levantar menesterosos —murmuró—. La plaza central es para turistas, así que ustedes dos también deben irse de aquí.

Ante la prepotencia del gendarme, estuvieron a punto de retirarse, pero recordaron lo que habían aprendido y no se movieron; miraron al vigilante con actitud estoica.

—No nos vamos a ir —murmuró Beky—, y si nos molesta nos quejaremos con su jefe y tendrá serios problemas.

El cuidador del parque se asombró.

—¡Váyanse al diablo! —dijo antes de alejarse.

Empezaba a oscurecer.

—¿Crees que hayan capturado a papá? —preguntó Beky.

Owin no quiso contestar. La duda de cuanto podía ocurrir era un tormento mayor que la misma certeza del infortunio.

Frente a ellos había un poste de luz forrado con publicidad: Invitaciones a conciertos populares, anuncios de negocios e incluso avisos sobre mascotas perdidas. Beky se puso de pie y echó un vistazo.

PIENSA ANTES DE HABLAR
¿A ti cómo te gusta que te hablen?

¿Odias que te pidan las cosas con voz de mando y prepotencia?
¡ENTONCES SÉ CORTÉS Y USA BUEN TONO CUANDO PIDAS ALGO!

¿Detestas que te humillen o te hablen con sarcasmo?
¡ENTONCES CUIDA QUE TUS COMENTARIOS SEAN RESPETUOSOS!

¿Te incomoda que solo te digan tus errores?
¡ENTONCES DI A LOS DEMÁS SUS ACIERTOS Y ACOSTÚMBRATE A SER UN "ELOGIADOR"!

¿Te enfada que te culpen de todo?
¡ENTONCES NO CULPES A OTROS LIVIANAMENTE!

¿Te molesta que se nieguen a oír tus puntos de vista?
¡ENTONCES SÉ PACIENTE, ESCUCHA CON ATENCIÓN Y TRATA DE COMPRENDER A LOS DEMÁS!

Si tienes problemas con la gente es, casi siempre, porque no sabes comunicarte.

Asiste a nuestro curso...

La información sobre el *"Curso de comunicación eficaz"* que tanto llamó la atención de Owin en la estación de autobuses, había sido cubierta parcialmente por un papel que mencionaba la venta de cachorros labradores. Beky desprendió el escrito sobrepuesto. Vio la fecha. Se estaba realizando ese mismo día.

Owin pensó en voz alta

—Me... me gusta imaginar que e.. el mundo es bueno y... y debemos lu... luchar por mejorarlo... e... en vez de creer que to... todos nos quieren hacer daño...

—Es cierto. A propósito, mamá tenía muchas amigas. A lo mejor ellas podrían ayudarnos. Volvamos a la capital.

—¿Y có... cómo regresaremos?

—Comprando otro boleto de autobús. ¡Tenemos mucho dinero en los zapatos!

—No... no creo que sea buena i.. idea.

Pero su discusión se quedó a medias porque el muchacho vagabundo se había reincorporado y estaba junto a ellos. Con la siesta y la comida había recobrado fuerzas. Tenía los ojos irritados. Parecía haber escuchado parte de la plática entre Owin y Beky. Sobre todo la afirmación en voz alta de "tenemos mucho dinero en los zapatos". El joven llevaba un cuchillo en la mano.

REPASO DE CONCEPTOS

01. Los conflictos entre las personas son debido, casi siempre, a la mala comunicación.

02. Ten cuidado: No pidas las cosas con voz de mando, no hables con sarcasmo ni en tono de burla, no trates de mostrar superioridad, no digas a los demás solo sus errores, no hagas comentarios de alguien a sus espaldas, no platiques con jactancia o presunción y, sobre todo, no hables demasiado.

03. La mayoría de las personas son buenas; cuida de ser respetuoso en tus comentarios; escúchalas con atención y trata de comprenderlas.

04. Si tienes problemas con el mundo es, quizá, porque no sabes comunicarte.

PREGUNTAS PARA REFLEXIONAR

01. ¿Alguna vez dijiste algo que fue malinterpretado y otra persona se molestó contigo? Relata la anécdota.

02. ¿Te has dado cuenta de cómo las cosas que dices pasan primero por tu mente y que tienes unos segundos antes de decidir abrir la boca o no? ¿Cómo eres para hablar?, ¿impulsivo o prudente?

03. ¿Qué puedes hacer para mejorar tu comunicación con los demás?

9 No pierdas el gozo de la vida

El chico vagabundo trastabilló.

—Necesito dinero —dijo mostrando su navaja oxidada—. Ustedes tienen. Hubo un instante de inmovilidad—. ¡Denme dinero! No quiero dañarlos...

Owin, aunque aterrado, cuestionó:

—¿Po.. por qué ha.. haces esto? Nosotros te dimos de.. de comer y te defendimos... Somos tus amigos. Ta... también tenemos problemas.

El chico de la calle bajó un poco la guardia entre sorprendido y vacilante. Preguntó:

—¿Tú fuiste el que me llevó la comida?

—S... sí.

Beky tuvo una idea y entrecerró los ojos para hablar:

—Aunque existe gente mala, la mayoría de las personas en el mundo son buenas. Si tienes problemas con los demás es, casi siempre, porque no sabes comunicarte. Crees que todos te juzgan y por eso haces lo mismo. Como te acaba de decir mi hermano, nosotros no somos tus enemigos.

El vagabundo los miró unos instantes. Apretó los dientes y tomó asiento en la banca poniendo su cuchillo a un lado.

—Me duele mucho la cabeza —reconoció—. No sé lo que pasó hace rato.

Beky lo observó. Quizá seguía bajo los efectos de alguna droga, pero la comida y el descanso le habían devuelto parcialmente la lucidez.

—¿To... tomaste alcohol?

—Sí —el chico parecía consternado y sincero—. Hay un depósito de basura —sonrió con tristeza—. ¡Es increíble lo que se puede hallar ahí! Aparatos y ropa. Hoy encontré un paquete de cervezas... bebí seis latas completas. Me hicieron daño. Hace rato estuve vomitando... —se frotó las mejillas—, pero ya me siento mejor.

Tomó su cuchillo y comenzó a afilarlo contra la superficie de cemento.

—Me llamo Andrés. Cuando llego a la casa sin dinero, la Tía se enfurece y me castiga.

—¿La... la Tía?

—Así le decimos. Nos da de comer. Administra el negocio...

—¿Cuál negocio?

—El de sus "sobrinos". Unos vendemos billetes de lotería, otros limpian parabrisas, otros piden limosna, otros hacen malabarismos en los semáforos. A la Tía no le importa cómo obtengamos el dinero siempre que le llevemos su cuota.

—¿Y por qué regresan con ella?

Andrés dejó de afilar su cuchillo e inspiró hondo.

—No tengo a dónde ir. Si durmiera en este parque, el vigilante me molestaría; últimamente ha llovido mucho y hace frío. Además... —Andrés movió la cabeza y se detuvo; había otras razones peores por las que siempre volvía con la Tía, pero no quiso decirlas—. Mejor, ustedes cuéntenme. Parecen educados y usan ropa limpia. ¿Dónde está su familia?

Los hermanos desviaron la mirada y permanecieron callados. Andrés se dio cuenta de que ellos tampoco deseaban hablar de sus problemas; entonces se puso de pie.

—Necesito dinero, pero no los molestaré a ustedes... Buscaré a alguien más...

—E... espera.

Owin se quitó el zapato en el que escondía los billetes y le alargó al vagabundo unos cuantos. Beky no se opuso.

—¿Por qué? ¿Primero me dan comida y ahora esto?

—Que... queremos ayudarte.

—Y a ustedes, ¿quién los ayuda?

—Estamos esperando a alguien —dijo Beky—, no nos podemos mover.

Andrés habló como pensando en voz alta:

—Yo nunca he tenido una familia. Siempre he estado solo, pero ustedes... ¡debe ser terrible haber probado la felicidad y después perderla!

Owin, consternado, se animó a decir:

—Sí. Lo... lo que más me... me duele es que cuando mi mamá vivía... —se detuvo unos segundos preso de la repentina tristeza—, yo la hacía enojar todos los días. No... pensé que el tiempo haría cambiar todas las cosas... Si pu... pudiera regresarlo... —volvió a hacer una pausa; su hermana lo veía con ternura y dolor—, me preocuparía po... por ser un mejor hijo; no me acostumbraría a lo bueno como si lo mereciera y sería me... menos indiferente hacia tantas cosas buenas que... que pueden perderse en cualquier momento... Creo que el control de las e... emociones no consiste solo en frenar o... o acelerar, sino en mantener la felicidad cada día...

Beky bajó la vista y luego abrió los brazos para cobijar a su hermano. Owin giró y la abrazó también. Estuvieron un largo rato así.

Las luces de la alameda se encendieron. De pronto, una mano de hierro se posó sobre el hombro de Owin y otra más apresó a Beky. Ambos habían experimentado esa misma sensación de asombro al ser atrapados en la estación de autobuses. Sus corazones dieron un vuelco. Hermenegildo López los tenía agarrados con todas sus fuerzas. Trataron de sacudirse, pero no lo lograron.

—¿Qué le dije, comandante? —se escuchó la voz timorata del cuidador—. Usted no me quería creer. Le comenté que dos muchachos habían pasado toda la tarde sentados en una banca de mi parque. Son ellos ¿verdad?

Andrés reaccionó de inmediato para defender a sus nuevos amigos. Levantó el cuchillo oxidado y, con rapidez felina se lo hundió al comandante en la pierna. Hermenegildo lanzó un grito de dolor, soltó a Owin y trató de pescar a Andrés, pero este brincó para ponerse a salvo. Owin aprovechó el momento y se apartó. Beky quiso hacer lo mismo; el comandante López la sujetó con más dureza. En el forcejeo, el cuaderno de su madre cayó al suelo.

Owin se sintió indeciso de correr o regresar. Andrés lo jaló de la camisa.

—¡Vámonos!

Owin obedeció. Antes de dar la vuelta en la esquina, voltearon a ver a los policías.

Hermenegildo cojeaba sobándose el muslo con la mano izquierda y conduciendo a Beky con la derecha hacia una patrulla estacionada en la calle frente a ellos.

—¿Qué... qué hacemos...?

Owin dio unos pasos de vuelta.

—¿A dónde vas? —preguntó Andrés—, piensa primero: los que están libres pueden ayudar mejor a los detenidos.

La premisa de su amigo funcionaba, siempre que los libres no estuvieran huyendo. Él y su hermana eran inocentes y nadie podría castigarlos por las culpas de su padre, ¡debían permanecer juntos!

—Vo... voy a regresar.

Corrió de vuelta, pero era demasiado tarde. La patrulla de policía se alejaba en sentido opuesto llevándose a Beky.

Owin sintió que su alma reventaba. Lágrimas de temor y coraje se agolparon en sus párpados. Había soportado con mucho dolor la muerte de su madre, e incluso sobrevivió, sin perder la cordura, el alejamiento repentino de su padre, pero ¿separarse de Beky? ¡Eso era impensable! Su hermana formaba parte de él, como el corazón que bombeaba sangre a cada rincón de su cuerpo. Desde que tenía uso de memoria, había jugado con ella, peleado con ella y aprendido con ella... Siempre asistieron al mismo salón de clases y estudiaron juntos por las tardes... No podía dejarla. Sabía que la amaba, pero hasta entonces percibió de qué forma. Le resultaba inconcebible vivir lejos de su única compañera y amiga real. Pensó que si en el futuro llegaba a tener hijos, les enseñaría a quererse, valorarse y defenderse mutuamente como él amaba a su hermana.

—Sígueme —dijo Andrés—, te llevaré a un lugar seguro dónde pasar la noche. Mañana buscarás a Beky.

Caminó con él, pero una idea repentina lo hizo detenerse.

—¡La... la libreta de mamá! Se... se quedó ti... tirada en donde estábamos.

Owin regresó corriendo a la banca. No había nada.

—¡Mira! —le dijo Andrés—. ¡Alguien tiene lo que buscas!

El vigilante del parque caminaba hacia los jardines hojeando el material de su madre.

CONTROL EMOCIONAL: AFIANZA EL GOZO DE TU VIDA

REPASO DE CONCEPTOS

01. Existe una emoción especial que nos lleva, no a frenar o a acelerar, sino a mantener el ritmo disfrutando intensamente la vida. Se llama "gozo".

02. El gozo se produce cuando reflexionamos en las enormes bellezas que nos rodean y las grandes ventajas de nuestra vida.

03. Con frecuencia perdemos el gozo porque nos acostumbramos a lo bueno como si lo meresiéramos y nos volvemos indiferentes hacia las cosas extraordinarias que tenemos.

04. El control emocional no solo consiste en frenar o acelerar de vez en cuando, sino en esforzarse por mantener la felicidad cada día.

PREGUNTAS PARA REFLEXIONAR

01. Haz una lista de las cosas bellas que te rodean.

02. Menciona todas las ventajas que tiene tu vida.

03. ¿Es posible que pierdas lo que mencionaste en los puntos anteriores? ¿De qué forma? ¿Cómo te sentirías? ¿Entonces por qué no valoras lo que tienes?

04. ¿Qué puedes hacer, en concreto, para mantener el gozo de la vida diariamente?

10 El valor de las caídas

Andrés volvió a empuñar su cuchillo oxidado y fue sigilo-
samente tras el cuidador del parque. Owin no se movió
de su sitio. Detestaba la idea de verse involucrado en
delitos callejeros. Echó un último vistazo a la catedral con
la esperanza de ver a su padre aparecer. Fue inútil.

A los pocos minutos, su nuevo y extraño amigo regresó
corriendo a toda velocidad con el cuaderno en su poder.

—¡Vámonos! —le ordenó—, ¡pronto!

Owin no preguntó si había usado con el vigilante la
misma técnica de acuchillarle la pierna. Tampoco quiso
saber si su atracado estaba en condiciones de perseguir-
los, se limitó a correr con Andrés. Atravesaron avenidas
y terrenos. En poco tiempo llegaron a los suburbios. Las
calles dejaron de ser pavimentadas para convertirse en

caminos de tierra. Conforme avanzaban, las construcciones se veían más sucias y precarias, los muros de ladrillo se borraban del panorama y aparecían frágiles paredes de adobe y lámina.

Andrés era un experto en callejones y recovecos. Condujo a Owin por atajos increíbles hasta las afueras de la ciudad. El paisaje paupérrimo de las barriadas también se fue modificando. Las vías lodosas, trazadas por el municipio de forma rectilínea, se extinguieron en los límites de un barranco. Cuesta abajo, donde era imposible el acceso a ningún vehículo motorizado, continuaba un sendero empinado. Owin se detuvo.

—¿A.. a dónde vamos? —preguntó.

—A casa de la Tía.

—Pe... pero está mu... muy oscuro allá abajo.

—No tengas miedo. Tus ojos se acostumbrarán. Sígueme.

Andrés prosiguió. Owin dudó y miró hacia atrás. Estaba completamente perdido. No podría regresar por su propio pie; además, ¿regresar adónde?

—¡E... espérame!

El tortuoso camino descendía por una cañada sobre tierras invadidas. Las chozas en esa zona eran de cartón. No había alumbrado público ni agua potable. Conforme se acercaban al fondo de la cañada se percibía cada vez con mayor intensidad un extraño zumbido.

—¿Qué... qué es eso?

—Estamos justo debajo de torres eléctricas con cables de alta tensión.

Llegaron a una enorme casona cuyas dimensiones y solidez desentonaban con el entorno. Aunque no era limpia ni bella, estaba hecha de tabiques, losa de concreto y pintada con esmalte. Andrés abrió la puerta.

—Entra.

Owin avanzó despacio. Le sorprendió ver que dentro del recinto había un enorme televisor plano y focos incandescentes. De alguna forma se robaban la energía eléctrica. Alrededor de una gran mesa en medio de la estancia, diez o doce muchachos y una señora obesa se disponían a comer. La mujer se dio la vuelta y recibió a Andrés con una mirada encrespada.

—¿El dinero? —preguntó.

Andrés le entregó todos los pliegos de lotería con los billetes que le había dado Owin. La matrona recogió el paquete y cotejó con una lista.

—Bien... —su gesto se hizo amable—, ¡todos los boletos que te di en la mañana y además dinero! —no preguntó de dónde provenía y felicitó a su "sobrino"—. Así me gusta. ¿Y se puede saber quién es tu invitado?

—Un amigo. No tiene a dónde ir. De hecho, él me ayudó a conseguir este dinero.

—¿Te ayudó? ¡Genial! ¡Siempre digo que es bueno trabajar en equipo! Sí *iñor*. Las pirámides de Egipto se hicieron en equipo, también los jardines colgantes de Galilea —dudó de su referencia—, ¡o de donde sean! Pero, pasen, pasen. ¡Miren la coincidencia! Hoy también llegó otra compañerita nueva. Lorena te llamas, ¿*verda mija*?

Una joven de trece o catorce años asintió del otro lado de la mesa. Parecía asustada y desavenida.

—Los papás de Lorena son ricachones tontos; se divorciaron y ninguno quiso quedarse con ella. La encontré sentadita en la banqueta, llorando. Aquí somos pobres pero trabajamos juntos y nunca faltan los frijolitos y las tortillitas. *Ándenles*, coman. Voy a servirles a todos. Les preparé un riquísimo molito de olla.

En realidad, se trataba de un insípido caldo rojo, sin vegetales ni carne, adornado con un áspero hueso de retazo.

Aunque el guiso era bastante desabrido, todos los jóvenes se lo comieron sin protestar. Incluso Andrés pidió una segunda ración que le fue servida de inmediato. Solo la chica recién llegada se abstuvo de comer.

—Chamaca tonta —murmuró la Tía, controlándose para no parecer demasiado agresiva el primer día—, ¿No tienes hambre?, ya tendrás... pero te advierto una cosa: conmigo no se juega —le acarició la cabeza sin poder evitar una mueca de ira—, aunque soy muy buena con todos, odio los caprichitos. Óiganme bien los dos nuevos. Aquí nadie se anda con tonteras. Yo *de veritas*, ayudo a los desamparados, no como en otros lados que son puros trámites y palabrerías. Dejo entrar a los pobres, les doy trabajo, comida y techo, pero con algunas condiciones: Diario tienen que llegar aquí antes de las diez y traer su cuota. Está prohibido hacer parejitas, y drogarse... Si alguno no regresa a la casa o trata de escaparse, los demás lo encuentran, me lo traen y le doy un castigo que nunca se le olvida. ¿Está claro?

Ninguno de los recién llegados preguntó en qué consistía el castigo. Miraban a la Tía y luego se miraban entre ellos. ¿Qué lugar era ese? ¿Dónde habían caído? ¿Por qué no había ningún joven mayor? Todos los recluidos parecían tener entre ocho y dieciséis años. ¿Qué les ocurría a quienes crecían más?

La mujer hizo una señal y todos los chicos se pusieron de pie formando una fila para lavar sus platos. Después caminaron por el pasillo. Al fondo había un baño común y a los lados cuatro habitaciones en las que se apretujaban varios catres. Los niños dormían separados de las niñas.

Andrés le consiguió a Owin un viejo camastro con resortes desiguales y se lo ofreció, orgulloso.

—Aquí descansarás muy bien.

Owin asintió sin poder evitar que las lágrimas le circundaran los párpados.

Todos los muchachos se durmieron. Él no pudo conciliar el sueño. Estuvo llorando por largas horas.

A la mañana siguiente, se levantó temprano. Tomó el cuaderno de su madre y leyó:

EL VALOR DE LAS CAÍDAS

Reflexiones sobre el fracaso: Todos fracasamos de vez en cuando. Las derrotas y los logros se presentan en ciclos. No existe nadie que gane o pierda siempre. Las caídas eventuales están en la misma rueda de la vida, y fracasar no es señal de debilidad, sino de que la rueda gira hacia delante. El mal nunca es definitivo.

Los perdedores son quienes se abaten con un fracaso y no pueden reponerse. Los triunfadores son quienes, después de cada derrota, se levantan con más deseos de luchar, asimilando la lección, convencidos de que nada ni nadie podrá detenerlos.

El ÉXITO no depende del dinero, del apoyo social o de la suerte. El éxito depende de una adecuada forma de interpretar los fracasos.

Si tengo problemas, no bajaré la guardia ni me daré por vencido.

Los pensamientos más perjudiciales son: creer que siempre me irá mal o que siempre me irá bien.

Todo cambia. Es inevitable tropezar a veces, pero cuando nos sucede, se fortalece nuestro carácter.

Pensaré lo correcto: Aunque me haya ido mal, valgo mucho y mi vida tiene sentido.

No existe condición externa que me convierta en perdedor o ganador. El éxito proviene de mi interior, depende de la forma en que interprete las caídas y me reponga de ellas.

El sol ya había salido. Escuchó los gritos de la mujer quien estaba yendo de cuarto en cuarto repartiendo encomiendas para el día que comenzaba. Le dio a Owin una orden:

—Tú limpiarás parabrisas. Ponte esta venda y usa la muleta. A la gente le conmueve ver *chavos* heridos trabajando. Si lo haces bien, en poco tiempo te dejaré vender billetes de lotería. Mientras tanto, ¡*échale ganitas*! —sonrió—, cuando pides caridad haces algo bueno, porque *dar* es mejor que *recibir*, y pidiendo haces a otros que te den...

La Tía se giró para darle instrucciones a Lorena.

—Tú te quedarás conmigo *mija*. Te enseñaré el *quihacer* de la casa y también cocinarás, a ver si así te da hambre.

Owin arrojó sus herramientas. Se puso de pie y dijo:

—Yo... yo no soy... li... limosnero.

La Tía giró con lentitud. En su gesto se adivinaba una furia contenida, levantó la muleta de madera y se acercó a Owin dispuesta a golpearlo en la cabeza.

REPASO Y REFLEXIONES

01. Todos queremos ser exitosos, pero ¿qué es tener éxito? **Defínelo.** Ahora prueba esta definición: "Éxito es alcanzar nuestras metas, sentirnos satisfechos con nuestra vida y disfrutar con toda intensidad cada día".

02. Contesta. ¿Cuál de las siguientes cinco plataformas crees que pueda impulsarte más hacia el éxito?

• **Dinero.** Poder para comprar siempre los mejores productos y pagar los mejores servicios.

• **Familia.** Apoyo de padres y hermanos; vivir en un hogar estable.

• **Pocos problemas.** No sufrir tragedias o cambios de planes drásticos; tener, en general, buena suerte.

• **Recibir ayuda de otras personas exitosas.** Apadrinamiento de un triunfador que te enseñe sus secretos y te brinde oportunidades.

• **Alta moral.** Ser siempre honesto, sincero, íntegro.

03. Piensa. Cualesquiera de los cinco puntos antes descritos te ayudarían a triunfar, pero ¿son garantía? Hay personas con mucho dinero, familias buenas, o con alta moral que han fracasado rotundamente; por otro lado también hay triunfadores provenientes de familias desintegradas, pobreza, tragedias e incluso baja moral. Entonces, ¿de qué depende el éxito?

04. Memoriza. El éxito depende de una adecuada forma de interpretar los fracasos.

05. No existe condición externa que te convierta en perdedor o ganador. Solo pierde quien se abate con un fracaso y no puede reponerse. Triunfa, en cambio, quien después de cada derrota se levanta con más deseos de luchar, asimilando la lección, convencido de que nada ni nadie podrá detenerlo. El éxito proviene de tu interior, depende de la forma en que asimiles las caídas y te repongas de ellas.

11 Piensa lo correcto y libérate de tus cadenas

Beky miró por la ventana de la patrulla con angustia. ¿Dónde estaría su hermano? ¿Qué tan seguro podría hallarse en compañía de aquel chico vagabundo? No concebía la vida sin Owin, y nada la afectaba más que alejarse de él.

Llegaron a la estación de policía. Hermenegildo López la hizo bajar de la patrulla con amabilidad.

—Pasa, por favor, jovencita, al fondo del corredor.

Beky llegó hasta una oficina austera que servía como pasadizo hacia las celdas para detenidos. Vio al policía que sentado frente a una mesa fungía como cuidador de las primeras rejas.

—¡Esto es una cárcel! No puedo estar aquí. Soy menor de edad.

—Toma asiento, por favor.

Hermenegildo le señaló una silla endeble frente a la mesa del custodio. Beky obedeció. Con la espalda encorvada y las manos sobre las rodillas parecía más pequeña de lo que era. El comandante se fue, y ella estuvo sentada en ese sitio por casi una hora. Después, el hombre apareció para informarle:

—El agente ministerial vendrá hasta mañana. Él determinará tu situación legal. Mientras tanto, no puedo dejarte ir. Deberás pasar aquí la noche. Atrás de ese murete hay un sillón. Allá hay un baño.

Beky sintió como si un fantasma estuviese apretándole el cuello. Hermenegildo se fue y la dejó acompañada del policía custodio. Después de un rato se puso de pie y fue al sillón. Era pequeño, estaba sucio y olía a humedad.

Pasó una malísima noche. Tuvo insomnio y durmió a ratos entrecortados.

Al día siguiente, la despertaron gritos y pataletas de rufianes recién aprehendidos que se resistían al encierro. Salió al pasillo y echó un vistazo. El custodio había sido cambiado.

—Buenos días... —lo saludó y se sentó en la silla.

A medio día llegó Hermenegildo López. Traía una bolsa de papel con comida rápida. Se la dio.

—Todo listo —le dijo—, atenderemos tu caso.

Entró a las celdas sin aclarar más.

Beky aprovechó para comer el contenido del paquete casi con voracidad. Después se escucharon pisadas y golpes metálicos de rejas que se abrían. Levantó la vista sintiendo una combinación de temor y esperanza.

Su padre apareció frente a ella.

Paralizada por la impresión, tardó varios segundos antes de saltar y correr a abrazarlo.

—¿Dónde estabas? Owin se perdió.

—¡Hija linda!

—¡Papá!

Durante un tiempo estuvieron callados, aquilatando la dicha de estar juntos otra vez; después, el señor Meneses se separó para preguntar:

—¿Dices que tu hermano se perdió?

—Sí... Estábamos esperándote... donde nos dijiste... A mí me agarraron y Owin huyó...

—¡No puede ser! —Waldo Meneses movió la cabeza—. No podemos hacer nada. Yo estoy detenido y tú sola. ¡Soy un mal padre! Un miserable.

—No digas eso.

Hermenegildo López los interrumpió.

—Hagan favor de seguirme.

Padre e hija fueron conducidos hasta una sala en la que había varios asistentes en sus escritorios levantando declaraciones y actas. Un hombre de anteojos, que se identificó como agente ministerial, les explicó su situación:

—Señor Waldo Meneses —dijo muy despacio—, la empresa para la que trabajaba ha levantado cargos contra usted señalándolo como presunto responsable de varios delitos. Quedará detenido mientras se lleva a cabo el juicio en cuestión. De ser hallado culpable, pasará algunos años en la cárcel.

—¿Cuántos?

—Lo ignoro. Nos han informado que sus hijos no tienen quien cuide de ellos, por lo tanto, quedarán bajo la custodia del Estado, a menos que en las próximas horas, alguna persona adulta, de su plena confianza, acepte hacerse cargo de ellos y firme los acuerdos inherentes a la responsabilidad jurídica de la tutoría.

El acusado respiró hondo, tratando de recordar. Tenía un hermano alcohólico y una tía política solterona, pero ambos vivían lejos y ninguno aceptaría... Por otra parte, no conocía a nadie en esa ciudad, ¿cómo lograría que un adulto de confianza llegara en las próximas horas dispuesto a quedarse con sus hijos?

—Papá, ¿te sientes bien?

Waldo Meneses no respondió. Había comenzado a jadear y a sudar. Una nueva crisis nerviosa amenazaba con atacarlo. Tomó a su hija del brazo y empujó el escritorio con violencia. La computadora y los papeles cayeron al suelo haciendo un ruido caótico. Dos policías trataron de amagarlo mientras él daba vueltas repartiendo puñetazos y empujones a todo el que se acercaba. Sus movimientos eran cada vez más violentos. Hizo destrozos en otro escritorio. Varios policías se aproximaron para calmarlo. Al fin uno de ellos lo atrapó por la espalda y lo aprehendió contra el suelo poniéndole las esposas.

Beky, aterrada, caminó hacia atrás. Se llevaron nuevamente a su padre.

Uno de los oficiales sugirió tomar fotografías de los recientes estragos para agregarlos al expediente del señor Meneses, pero el magistrado negó con la cabeza.

—Este pobre hombre y sus hijos tienen demasiados problemas ya —comentó—. Aquí no pasó nada—, y comenzó a levantar las cosas.

Varios empleados ayudaron. Beky se comidió también a arreglar los escritorios. Por fortuna, las computadoras volvieron a encender.

Después de un rato todo regresó a su sitio.

—¿Qué hacemos? —le preguntó el juez a la joven.

Ella se encogió de hombros. La maestra suplente se había quedado corta en sus predicciones.

Muy pronto tendré que irme. Aquí tienen el número de mi teléfono portátil. Si la tormenta se vuelve insoportable, no duden en hablarme.

Un pensamiento de esperanza la hizo reaccionar. ¡Ella había guardado la tarjeta de su profesora!

—¡Mi hermano y yo tenemos una amiga —dijo al fin.

El agente abrió sus palmas y respondió:

—Ahí tiene un teléfono, señorita. Úselo si quiere.

Beky actuó de inmediato. Marcó los números con creciente temor. Casi de inmediato una voz femenina respondió del otro lado de la línea.

—¿Hola?

—¿Maestra? ¡Habla Beky! La hermana de Owin. No sé si me recuerda.

—Claro, Beky ¿cómo están? He pensado mucho en ustedes últimamente.

—Pues estamos muy mal... Lo que nos dijo respecto a los problemas que íbamos a tener, fue cierto. Mi padre se volvió loco; destrozó su empresa. Hicimos un largo viaje a la frontera, tratando de escapar, pero nos detuvieron. A mi papá lo van a meter a la cárcel.

—¿Tú y Owin están detenidos?

—Mi hermano se perdió. Pero yo sí estoy detenida. Como soy menor de edad, alguien debe firmar mi custodia temporal.

—A ver. Dame los datos exactos del lugar en que se encuentran.

Beky se los proporcionó, y al hacerlo, sintió la nostalgia de quien necesita desesperadamente ponerse bajo la protección de alguien confiable.

—¿Por qué está pasando todo esto, maestra? Tengo mucho miedo. ¡Necesito encontrar a mi hermano y recuperar a mi papá!

La profesora respondió con voz tranquila:

—A veces ocurren cosas difíciles de entender. Pero todo tiene un propósito.

—¿Un propósito? ¿Cuál? ¡Siento que me muero!

—No te hagas tantas preguntas de momento, Beky. El tiempo te aclarará las cosas. La preocupación es un sentimiento paralizante. Ante una crisis debemos actuar rápido, pedir ayuda, concentrarnos para que cada uno de nuestros movimientos sea preciso, y enfrentar los problemas con honestidad. ¡Tú estás haciendo todo eso! Ahora solo te resta esperar y controlar tus emociones.

—¡Eso es imposible! Las emociones son buenas. ¿Cómo voy a controlarlas?

—Son buenas cuando te ayudan a superarte, pero malas cuando se convierten en cadenas de prisión. Los sentimientos no son más que pensamientos intensos que, todos podemos controlar. Imagina que hay una enorme tarántula trepando muy despacio por tu brazo y sentirás repulsión. Ahora, congela la tarántula en tu mente y hazla crecer hasta que se vuelva un osito de peluche. Las emociones cambian conforme pensamos diferentes ideas. Beky, estás a salvo. No dejes que tu cerebro imagine cosas fatales o reviva escenas del pasado que te atormenten. Todo está en la cabeza. El cerebro controla los pensamientos y los pensamientos controlan las emociones.

—¡No!, ¡no!, ¡no! —gritó Beky—, ¡dicen que todo está en la mente, pero es *la realidad* lo que me hace infeliz, no la mente!

—A ver, tranquilízate. Trata de escucharme. La realidad es la realidad. No se puede cambiar, solo podemos "pensar" diferentes cosas sobre ella. Si, *piensas* que todo cuanto está sucediendo te hace desdichada; si repasas las traiciones de las que has sido víctima, las desgracias que has sufrido, las tragedias que has experimentado; si revives tus peores momentos, recuerdas tus dolores y fracasos; si imaginas todo lo malo que puede ocurrirte en el futuro a ti o a tus seres queridos,

serás infeliz. Ahora, borra todo de tu mente y comienza de nuevo: Si *piensas* que, aunque haya injusticias, nadie puede robarte la alegría; si piensas que puedes respirar, ver, oír, reflexionar, percibir el latido de tu corazón; si sientes la satisfacción de concentrarte en el momento y hacer lo mejor que puedes para que la vida marche bien... **Serás feliz**. Beky, *piensa* lo correcto: Las cosas no tienen que ser perfectas. Controla tus ideas y siéntete tranquila. Sé que resulta muy difícil entender esto, pero de todos modos es verdad: Tu padre, Owin y tú deberán adaptarse, avanzar un día a la vez.

Beky agachó la cara; no tuvo fuerzas para refutar. Entrecortadamente preguntó:

—¿Qué... qué hago? ¿Espero aquí?

—Sí, por favor. Voy a llamar a una persona para que vaya por ti. Tendrás que confiar en ella. Sé que aceptará firmar los documentos legales y encargarse de ti y de tu hermano el tiempo necesario. Es la mejor opción. Debes creerme.

Beky asintió y colgó el teléfono. Aunque apenas conocía a esa profesora, sintió que era su amiga de toda la vida. Miró el reloj. Iban a dar las seis de la tarde. Se resignó a pasar otra vez la noche en ese sucio sillón de la comisaría. Con toda seguridad, la maestra tardaría en localizar a su contacto y este aparecería hasta el día siguiente. No importaba. Estaba viva, sana y salva; pronto recibiría ayuda y buscaría a Owin. Su mente comenzó a generar ideas constructivas y las emociones entraron en control.

A las ocho de la noche alguien preguntó por ella. Se puso de pie. Sintió un escalofrío y su sorpresa aumentó.

Ya conocía al sujeto que venía por ella.

CONTROL EMOCIONAL: GENERA EMOCIONES SANAS MEDIANTE PENSAMIENTOS POSITIVOS

REPASO DE CONCEPTOS

01. Las emociones no provienen del corazón, sino del cerebro. Son pensamientos intensos. En gran medida, podemos controlar nuestros pensamientos, por lo tanto, podemos controlar nuestras emociones.

02. Los pensamientos malos producen emociones paralizantes y estas emociones se convierten en cadenas de prisión.

03. Controla tus ideas y siéntete tranquilo. Las cosas no tienen que ser perfectas. Adáptate a cada circunstancia, avanza con firmeza y elige estar contento.

04. A veces, cuando vemos una película, detectamos injusticias graves y nos sentimos ofendidos, pero si el autor de la historia es inteligente -no todos lo son-, hará que los malvados terminen pagando sus errores y los bondadosos reciban justicia. A la larga, todo irá bien. Ten calma y no te agobies. Con toda confianza, a pesar de las situaciones adversas, puedes elegir ser feliz hoy.

PREGUNTAS PARA REFLEXIONAR

01. Narra un ejercicio de figuración más extenso que el de la tarántula.

02. Cuando te sientas encadenado por alguna emoción negativa, ¿qué debes hacer para liberarte?

03. La realidad es la realidad. No se puede cambiar, solo podemos pensar diferentes cosas sobre ella. A continuación se anotan algunas situaciones. Describe cómo podemos pensar respecto a ellas para sentirnos mejor:

- No fuiste seleccionado en el deporte que querías.
- Perdiste el concurso para el que tanto te preparaste.

- Te enteraste que alguien a quien aprecias, habló mal de ti.
- Perdiste tu casa en un incendio.
- Falleció uno de tus seres queridos.
- Otra situación que te haya ocurrido en la vida real.

12 La presión del grupo

La Tía levantó la muleta como garrote y se detuvo antes de descargar el golpe.

—Esta casa no es hotel —anunció—. Cenaste y pasaste la noche aquí. Estás en deuda conmigo... Si no quieres limpiar parabrisas, ¿cómo me vas a pagar?

Owin pensó en sacar el resto del dinero que traía en el zapato para dárselo a la mujer y comprar su libertad, pero si lo hacía se quedaría en penuria total. Esos billetes podían servirle para buscar a su padre y a Beky.

—E... e... está bien... Me... me pondré la venda... pe... pediré limosna...

—¡Así se habla! Pareces un *chavo* listo. No eches a perder las cosas. ¡Muévete! Samperio irá contigo para enseñarte el oficio y vigilarte.

Owin miró a su nuevo supervisor. Era el muchacho más alto y fuerte.

—Yo... yo qui... quisiera i... ir con Andrés.

—Los privilegios se ganan. Irás con Samperio y dejarás de discutir.

Owin no protestó más. Dio la vuelta para dirigirse al único baño de la casa. Tres jóvenes delante de él esperaban su turno. Se formó en la fila. Después de un rato pudo entrar. Cerró el cerrojo, remangó su pantalón y comenzó a enrollar la venda en una pierna. Cuando terminó, se quedó estático. Eso no estaba bien. Había puesto la libreta debajo de su playera. La sacó y quiso encontrar alguna orientación. Esta vez el mensaje de su madre le pareció confuso. Lo leyó con rapidez porque otro chico afuera del baño golpeaba esporádicamente la puerta para obligarlo a darse prisa.

Aprendí una historia interesante: En la ciudad de Nueva York, hace algunos años, treinta y ocho personas pudieron evitar un crimen. Dos adolescentes se peleaban. Alrededor de ellos, la muchedumbre observaba sin hacer nada. Uno de los jóvenes comenzó a golpear al otro salvajemente hasta que terminó azotando su cabeza contra el pavimento. Este fenómeno se llama "dilución de responsabilidad": Mientras más personas observen una urgencia, menor será la ayuda que recibirá la víctima.

Cuando una persona está sola, puede actuar con libertad, brindar ayuda y defender sus ideales. Rodeada de gente, en cambio, es muy probable que se deje llevar por lo que hacen o no los demás.

En conciertos de rock, manifestaciones públicas, linchamientos, sectas y pandillas, la individualidad de las personas queda disminuida.

¡Me alejaré de las masas siempre que pueda; si alguna vez me hallo dentro de una, recordaré que la madurez se demuestra manteniendo mis principios rodeada por personas que difieren de ellos!

—¡Apúrate "nuevo"! ¡El baño no es tuyo!

Owin volvió a esconder la libreta debajo de su camisa y salió. Algunos chicos se rieron al verlo caminar con la venda recién puesta.

—Debes usar tu muleta —le advirtió la tía—, y fingir que cojeas. Si se te olvida, te lloverán insultos.

—E... está bien.

Samperio lo acompañó.

Con la luz del día, Owin pudo apreciar el panorama exterior: la casa estaba construida al fondo de la cañada, sobre el cauce de un río seco. Alrededor había basura, chiqueros, vegetación silvestre y varias chozas improvisadas. Era un lugar caótico. Existía peligro tanto en los cables de alta tensión, como en el río seco, si volvía a llenarse de agua.

Samperio y Owin caminaron por la vereda, pero se detuvieron al oír un ardiente griterío.

—¿Qué e.. e... es eso?

—¡Guau! —dijo Samperio—, hay "clavados" esta mañana.

—¿Cla... cla...?

Samperio echó a correr sin explicar más. Owin lo siguió. Cruzaron una zona de arbustos y llegaron al extenso paraje donde se llevaba a cabo el extraño ritual: Más de quince muchachos gritaban a coro alrededor de una de las enormes torres metálicas que sostenían los cables eléctricos. Debajo de la torre se hallaba la cáscara de un camión viejo sin llantas ni motor, que en sus buenos tiempos debió transportar material para construcción.

—¡Sube! ¡Vamos! ¡Tú puedes! —gritaba la muchedumbre motivando a un joven que se había prendido de la torre a dos metros del suelo.

Owin no podía creerlo. ¿La pandilla pretendía que ese joven escalara, aproximándose a los cables de alta tensión? ¡Eso era imposible! ¡La torre tenía más de veinte metros de altura!

—¡Eres un gallina! —exclamaban—, ¡deja de abrazar el poste y sube!

El aludido no se movía de su sitio.

—¡Mono —gritó el que parecía ser jefe de la banda—, demuéstrele a ese marica cómo se hace!

Un joven pequeño pero ágil saltó al frente y ascendió con la destreza de un chimpancé por los sostenes de la torre. Aunque solo llegó poco más arriba de la mitad, a un peldaño pintado de amarillo, algunos cabellos se le levantaron atraídos por el fortísimo campo electromagnético. Owin supuso que la temeraria aventura acabaría ahí, pero no fue así. El joven miró hacia abajo, calculó, abrió los brazos y, presionado por los gritos de la concurrencia, se arrojó al vacío.

Owin quedó petrificado. "¡Se va a matar!", pensó.

Por unos segundos todos los presentes guardaron silencio. El chico cayó, con la exactitud de un proyectil, en el centro de la caja del camión desvencijado. Una pequeña nube de polvo se levantó alrededor cuando el cuerpo se incrustó en lo que parecía ser una alberca de colchones, aserrín, papel y hule espuma.

La concurrencia estalló en aplausos.

Era fácil hacer deducciones: la pandilla había colocado el cascarón de ese vehículo junto a la torre y lo había llenado con todo tipo de materiales suaves para poder llevar a cabo el peligrosísimo ejercicio.

—Aquí está Samperio —gritó alguien—. ¡Enséñanos tu salto mortal!

Samperio dudó un segundo, pero se armó de valor y, sin pensarlo, avanzó. Aunque era más pesado y torpe que el anterior voluntario, igualmente subió por los largueros llegando un poco más arriba que su predecesor. Algunos cabellos se le erizaron también. Ante las aclamaciones, hizo una señal simiesca golpeándose el pecho y se aventó dando una maroma en el aire. Cayó de espaldas en la caja del camión. Se escuchó un ruido seco, cual si se hubiese golpeado en el fondo del cajón. Hubo unos segundos de espera; finalmente salió ileso y recibió grandes ovaciones.

Entre tanto, mientras todos miraban hacia arriba, el primer muchachito había bajado sin llamar la atención y había desaparecido.

—¿Dónde se metió? —preguntó el jefe—. ¡Búsquenlo! ¡Tiene que subir!

—No hace falta —corrigió Samperio—. Aquí hay otro "nuevo". ¡El de la muleta!

Owin tardó en captar que hablaban de él. En un abrir y cerrar de ojos fue rodeado por varios jóvenes que comenzaron a hostigarlo:

—¿Eres nuevo? ¡Demuéstranos tu valor! ¡Ya viste cómo se hace! Es fácil. Si no aceptas te irá peor. Más te vale que subas, ¿acaso eres un perdedor?

Le quitaron la muleta y lo empujaron al frente. Pudo discutir y librarse del aprieto, pero su tartamudez se convirtió en mudez. Comenzó a jadear. Se llenó de adrenalina. Odiaba que lo llamaran perdedor. Si lograba subir y saltar, tal vez dejaría de ser "el nuevo" y lo respetarían.

Cada vez llegaban más muchachos de las cercanías.

¿Qué tan difícil podía ser? Samperio y el Mono habían realizado la hazaña sin problemas.

Se armó de un valor artificial que era solo cobardía disfrazada y escaló la torre sin mirar hacia abajo. Los cables zumbaban como si tuvieran vida propia. La sensación de ser agarrado por un espeluznante halo de fuerza incluyó no solo su cabellera sino su ropa y piel.

—¡Sube más! —le gritaban—. Por lo menos hasta el barrote amarillo.

Miró hacia arriba. Le faltaban como dos metros para la marca... Dirigió su vista al suelo y se quedó inmóvil. Un sin fin de ideas se dispararon en su cerebro: *El miedo nos permite detectar peligros y huir. El miedo es un útil mecanismo de defensa... No actúes en contra de tus principios para que otros te acepten... Aléjate de las masas siempre que puedas... La colectividad te anulará y, sin darte cuenta, estarás haciendo cosas que no van con tu persona...*

—¡Sigue subiendo! ¡Demuestra tu hombría! ¿Qué pasa? ¿Por qué te detienes? ¡Cobarde! ¡Chillón!

A lo lejos el contenedor de hule espuma parecía pequeño. La multitud comenzó a perder definición. Cerró los ojos y volvió a abrirlos. Se estaba mareando. Todos los muchachos le gritaban desde abajo. Jadeaba y temblaba. Intentó soltarse para salir del atolladero en el que se había metido, pero el instinto de conservación lo hizo aferrarse con más fuerza a los largueros de metal. Entonces las cosas empeoraron. El público no parecía dispuesto a quedarse sin espectáculo, así que cuatro jóvenes fortachones, Samperio entre ellos, comenzaron a escalar con intenciones de llegar hasta el novato.

Todo ocurrió muy rápido. En menos de un minuto, los cuatro muchachos rodearon a Owin y comenzaron a jalarlo de brazos y piernas para arrancarlo de la torre. Si era difícil atinarle al camión de hule espuma lanzándose desde las alturas con toda concentración, resultaba casi imposible después de un violento forcejeo. Owin rogó:

—¡No... no... no me avienten, po... por favor, po... por lo que más quieran, haré lo que digan allá abajo, pero por... fa...!

Fueron inútiles todas sus súplicas. Los grandulones terminaron desprendiéndolo.

Ya estaba en el aire cuando se dio cuenta que quizá caería fuera del camión. Manoteó en el aire y descendió como un plomo sin control. Guardó la respiración, cerró los ojos. Esos segundos en caída libre le parecieron eternos y, como en cámara lenta, escuchó tanto el pavoroso trueno que produjo su cuerpo al estrellarse en el interior de la caja acolchada, como el sonido ocasionado por una de sus piernas que no logró entrar al compartimiento y golpeó en el borde del camión. Un dolor garrafal lo invadió. Quiso gritar y el alarido se ahogó en su garganta, quiso llorar y las lágrimas se cristalizaron en un rictus de angustia, quiso recoger su pierna pero una punzada mortal en su rodilla le indicó que estaba gravemente herido. Entonces perdió la noción de la realidad y se desmayó.

CONTROL EMOCIONAL: EVITA LA PRESIÓN DEL GRUPO

REPASO DE CONCEPTOS

01. Las personas, cuando están en medio de grupos, pueden crear alborotos, destruir, matar o pelearse sin pensar.

02. Los pandilleros se comportan de forma irracional obedeciendo a la presión de otros.

03. Si estás solo, podrás actuar con libertad, brindar ayuda y arriesgarte por defender ideales. Rodeado de gente, en cambio, es muy probable que te dejes llevar por lo que hace o no hace el grupo.

04. En conciertos de rock, manifestaciones, linchamientos, sectas y grupos dominadores, tu individualidad quedará disminuida y, sin darte cuenta, estarás haciendo cosas que no van con tu persona.

05. Aléjate de las masas siempre que puedas; si alguna vez te hallas dentro de una, recuerda: La madurez se demuestra en qué tanto puedes mantener tus principios rodeado por personas que difieren de ellos.

PREGUNTAS PARA REFLEXIONAR

01. ¿Has visto cómo se comportan los pandilleros? ¿Qué piensas de ellos?

02. Alguna vez te has sentido disminuido rodeado de gente? Relata.

03. ¿Qué crees que conviene más, enfrentar a una pandilla para tratar de convencerla de que cambie su conducta o alejarte de ella?

04. ¿Por qué piensas que alguien, cuando está en medio de un grupo, no actúa como actuaría si estuviese solo?

13 Técnica de "seguir la corriente"

El señor Meneses fue traído de nuevo a las oficinas. Esta vez llevaba las manos esposadas.

—Hay una persona que viene a recoger a su hija —le dijo el policía—; es necesario que usted lo autorice por escrito.

—¿Una persona? ¿Quién es? ¿De dónde salió?

—La niña hizo una llamada telefónica, y ese hombre llegó por ella.

—¿Tú lo conoces?

Beky afirmó.

—Cuando estábamos huyendo del policía Hermenegildo, nos metimos a las calles del centro. Un señor nos ayudó a escondernos en su librería; luego nos ayudó a escapar por la ventana del baño, mientras entretenía al policía.

—¿Es él?

—Sí.

—¿Y estás dispuesta a...?

Waldo Meneses se interrumpió y giró muy despacio; el pretensor de la custodia de sus hijos se había acercado a ellos. Les explicó que colaboraba en un albergue especial para chicos de escasos recursos. Ahí se les daba alimento y educación a más de treinta jóvenes. Solo siete de ellos dormían en el albergue. El resto iba a sus casas por las noches todos los días. El hombre aseguró que Beky y Owin serían atendidos de forma excelente durante el tiempo que fuera necesario, gracias a la recomendación de alguien a quien él apreciaba mucho.

Meneses no estaba en posición de objetar ni exigir nada; Beky, aunque atemorizada y confundida, había prometido a su maestra confiar en ella.

Después de realizar los trámites, el señor Meneses se despidió de su hija y fue devuelto al interior del presidio. Ninguno de los dos pudo evitar que se les resquebrajara el corazón al separarse de nuevo. Beky salió acompañada del sujeto.

Ya en la calle, el hombre la invitó a subirse a un lujoso auto negro. Ella obedeció. Ni los cómodos sillones de fina piel, ni el clima artificial controlado por computadora le quitaron el frío proveniente de lo más profundo de su ser. Se abrazó ambas rodillas y lloró. El hombre la dejó desahogarse.

Eran casi las diez de la noche cuando llegaron al albergue. No parecía un sitio para niños con escasos recursos; en realidad era una casa colonial de excelentes acabados.

Antes de bajar, el hombre le preguntó:

—¿Dónde está tu hermano?

—Escapó. Quisiera que mañana fuéramos a buscarlo. Tengo miedo de que pase algo.

—No te preocupes. Es muy inteligente y sabrá cuidarse. Lo noté cuando me dijo: "si otra persona trata de causarnos emociones negativas es porque desea manipularnos a su antojo".

Ella asintió.

—¡De todos modos quiero que me ayude a encontrarlo!, por favor. No tiene adónde ir. Tal vez regrese a la librería del mercado a buscarlo a usted.

El hombre vestido de negro asintió.

A pesar de la hora inconveniente, Beky fue recibida por una amable mujer que la acomodó en un cuarto espacioso con cama individual. Era más de lo que esperaba.

Las sábanas blancas y el edredón almohadillado la "abrazaron", y se quedó profundamente dormida. Fue una noche reparadora. Su cuerpo sumido en la comodidad repuso con creces las horas de sueño perdidas.

A la mañana siguiente, se levantó cerca de las diez. Se bañó y se vistió. El lugar parecía desierto. Exploró. Llegó a la cocina y vio a una mujer lavando los platos.

—Hola Beky, la hora del desayuno ha terminado, pero te aparté un poco de fruta. Toma.

Comió y dio las gracias. Luego preguntó:

—¿Dónde están todos?

—En el salón de trabajo —señaló—, ¿ves esa puerta?

—Sí. Gracias.

Fue hacia ella y abrió despacio. Un joven instructor la recibió con amabilidad.

—Bienvenida, Beky. Toma asiento. Aquí tienes pluma y hojas blancas.

Había unos veinte muchachos de aspecto humilde, pero limpios y alegres.

—Continuaré explicando —dijo el instructor—. Todos poseemos un "talón de Aquiles", un recuerdo triste, un problema del cual podemos avergonzarnos. Quien conoce nuestro pasado, puede sacarlo a relucir para provocarnos un sentimiento paralizante. Memoricen esto: No traten de justificarse o de ocultar los hechos; *reconozcan la verdad.* Si el agresor les hace acusaciones falsas o exageradas, respóndanle simplemente que *lo están escuchando y que todo es posible.* No confronten los ataques directos, porque entrarán en peleas innecesarias. A quien les haga acusaciones agresivas "síganle la corriente". Es una técnica de asertividad que los ayudará a no sentirse ofendidos y provocará que la otra persona se relaje y pierda el interés en agredirlos —detuvo su explicación para indicar—. Los actores pasen, por favor.

Dos muchachos se levantaron de sus sillas para colocarse al centro: Una chica linda, con vestido rosa a la usanza primaveral, y un muchacho de pantalón azul y cabello engomado. A manera de ejemplo en vivo, el joven hostigó a su compañera y ella le contestó con la técnica de "seguir la corriente":

—*¡Tu padre es un alcohólico! Cuando se emborracha comete barbaridades.*

—*No lo niego —respondió ella sin enfadarse—. Mi padre está en tratamiento y espero que pronto supere su enfermedad.*

—*¡Entonces cállate! No puedes participar en esta actividad benefactora, ¡además, hace tres años fracasaste!*

—*Tienes razón —dijo ella con tono tranquilo—, hace tres años fracasé, pero aprendí mucho y mi punto de vista es valioso.*

—*¡Provienes de un hogar deshecho! —grito él—. No tienes autoridad para dar consejos familiares.*

—*Mi hogar se deshizo —confesó ella con serenidad—, es verdad, no trato de dar consejos, solo quiero opinar, ¡y mi opinión es importante!*

Hicieron una pausa. Cambiaron de ejemplo:

—¡Quedaste en el último lugar en el concurso de oratoria; por lo tanto, yo hablaré y tú guardarás silencio!

—Perdí en el concurso de oratoria —admitió la chica—, es cierto, sin embargo los dos tenemos derecho a hablar.

Aunque era interesante la forma en que él la acusaba, usando un tono de voz autoritario y agresivo, era más interesante la forma en que ella respondía: siempre con una sonrisa, sin dejarse intimidar por las "verdades" expuestas en su contra: sin mostrar signos de culpa o vergüenza.

El joven arremetió con un diálogo más general inspirado en las enseñanzas de un importante psicólogo llamado Manuel. J Smith:

—¡Llegaste tarde anoche; eres una desobligada!

—Tienes razón, llegué tarde —dijo ella y no aclaró nada más.

—¡Las calle es peligrosa, debes cuidarte más!

—Es verdad, hay mucho vandalismo. Voy a tratar de recordarlo.

—¡Si no te cuidas puede pasarte algo malo!

—Eso es definitivo, espero que no me pase.

Beky comprendió que "seguir la corriente" era decir a los criticones que sí a todo con frescura, sin entrar en discusiones o contraataques.

Los actores hicieron una última representación en la que el muchacho agredió de forma exagerada a la chica y ella le siguió la corriente una y otra vez:

—¡Tienes un aspecto terrible hoy!

—Quizá —respondió ella—. Reconozco que me siento un poco mal.

—¿Y eso justifica tu cabello desaliñado?

—Mi peinado es malo. —admitió—. Nunca debí ir a esa estética.

—¡Pero no solo tu peinado! ¡Mira tu vestido! Es tan cursi.

—Probablemente. Cuestión de gustos.

—Y tus zapatos. ¡No combinan con ese vestido!

—No combinan, es cierto, ¿qué le vamos a hacer?

—¡Tu fuerte no es el vestir!, ¿verdad?

—No. Es mi punto débil.

—Pero no solo fallas en tu presentación, ¡también tu trabajo es malo!

—Quizá. Siempre se pueden hacer mejor las cosas.

—¡Ya lo creo! Vistes mal, trabajas mal, ¿no te remuerde la conciencia al cobrar tu sueldo?

—¡En lo absoluto! —sonrió con sarcasmo—. No siento el menor remordimiento.

—¡Pero que desfachatez! ¡Además eres una cínica!

—¡Diste en el clavo! Siempre he tenido ese defecto.

—¡Pero estás llena de defectos!

—Tienes mucha razón.

—¿Por qué contestas siempre que tengo razón? Me estás "siguiendo la corriente", ¿verdad?

—¡Definitivamente! También en eso acertaste.

La audiencia estalló en carcajadas y aplausos. Los actores sonrieron y dieron las gracias con discreción.

El expositor terminó:

—No podemos ir por la vida peleando, pero tampoco podemos permitir que otros nos hagan sentir mal con sus críticas mordaces. Si alguien trata de intimidarte, esquiva el dardo. Niégate a responder a berrinches o autoritarismo; niégate a seguirle el juego a los que desean aplastar tu dignidad. Por otro lado, muéstrate siempre dispuesto a dialogar con palabras serenas. Si has cometido errores o ignoras algo que, según otros, deberías saber, reconócelo sin sentirte menos. No pretendas ser perfecto ante los demás. Vales mucho y eres muy importante aunque otros no lo acepten.

La sesión terminó. Los chicos se pusieron de pie para salir al patio. Se respiraba un ambiente de alegría y sana autoestima.

El instructor conversó en privado con dos jovencitas. Beky se acercó y esperó su turno. Mientras tanto, vio en la pared un cartelón pegado que ella conocía: "asiste al curso de comunicación eficaz". Miró alrededor. ¡Estaba en el lugar en donde se impartía! Poco después se enteraría que el albergue se mantenía gracias al dinero cobrado al público por los cursos.

—Maestro —le dijo en cuanto se desocupó—, ¿donde puedo encontrar al hombre que me trajo aquí? Dijo que hoy iríamos juntos a buscar a mi hermano.

—¿Quién es el hombre que te trajo?

—No lo sé. Viste siempre de negro, como sacerdote, es amigo de mi maestra y tiene una librería en el mercado.

El instructor miró a Beky extrañado. Salió unos minutos para hablar con la administradora del colegio y regresó caminando despacio.

—Según parece, fuiste traída personalmente por uno de los fundadores del albergue. Él ya regresó a la capital, donde radica... de hecho, solo vino a dejarte...

—¡No puede ser! El hombre que me trajo, tiene un local en el mercado —insistió—. ¡Yo lo vi abrir con una llave la puerta de la oficina de su negocio! No puede haberse ido...

—Lo dudo... Él vive en otra ciudad. Definitivamente no creo que tenga un negocio aquí. Pero, si quieres te llevo a buscarlo.

—Sí. Por favor.

A los pocos minutos, Beky iba en el coche del instructor rumbo a la librería.

PODER DE COMUNICACIÓN: USA LA TÉCNICA DE "SEGUIR LA CORRIENTE"

REPASO DE CONCEPTOS

01. Si has cometido errores o ignoras algo que, según otros, deberías saber, acéptalo sin sentirte menos. No pretendas ser perfecto ante los demás.

02. Todos poseemos un "talón de Aquiles" del cual podemos avergonzarnos. Si alguien lo saca a relucir, no trates de justificarte; reconoce la verdad.

03. Cuando un agresor te haga acusaciones falsas o exageradas, responde simplemente que lo estás escuchando y que todo es posible.

04. No confrontes los ataques directos porque entrarás en peleas innecesarias. A quien te haga acusaciones agresivas "síguele la corriente". Es una técnica que te ayudará a no sentirte ofendido y provocará que la otra persona se relaje y pierda el interés en agredirte.

ACTIVIDADES

01. Ponte de acuerdo con otro compañero. Pídele que te ataque, usando frases de crítica burlona; practica la técnica de seguir la corriente.

02. Inviertan los papeles. Ahora tú atácalo y que él se defienda.

03. A partir de ahora, practica la técnica de seguir la corriente cada vez que alguien trate de hacerte sentir mal con sus ofensas.

14 No temas el enfado ajeno

Owin se levantó esa mañana con la pesadez habitual. Sus movimientos ágiles habían cambiado por evoluciones torpes y apáticas. Diríase que se trataba de otro chico.

Tomó la muleta que estaba siempre tirada junto al catre y se apoyó en ella para ponerse en pie. Inició sus ejercicios de flexión y extensión. Tenía la esperanza de volver a caminar y correr como antes.

Sus compañeros se estaban alistando; la Tía les repartía billetes de lotería y productos de contrabando para que los vendieran en las calles.

Owin esperó a que la casa se vaciara, tomó los utensilios de limpieza y entró al baño para asearlo. Vio una rata escondiéndose a toda prisa entre las baldosas sueltas. No le hizo caso. La construcción estaba llena de pequeños agujeros por los que los roedores solían entrar y salir. Tenían su madriguera cerca de los cuartos en los que la Tía almacenaba desperdicios de comida para alimentar a sus cerdos.

Owin realizó el aseo del baño y siguió barriendo el resto de la casa.

—No... no soporto el do... dolor de la rodilla... —se quejó como hablando consigo mismo.

Lorena, quien era ahora la cocinera permanente, lo escuchó.

—¿Por qué no le dices a la Tía que te lleve a un médico?

—¿Y... y si se enoja?

—¡Que se enoje! Hace mucho tiempo que ocurrió el accidente y no pareces mejorar. ¡Debes ver a un doctor!

—¿Pa... para qué? Lo... lo más difícil ya pasó. No quiero causar mo... molestias.

—Dicen que cuando caíste de la torre, todos pensaron que te habías roto la pierna a la mitad. Se oyó un golpe durísimo y luego tus gritos. Te sacaron del camión inconsciente, y en vez de llevarte a un hospital te trajeron aquí. ¿Crees que eso es justo? ¡La Tía no es doctora! Te puso cataplasmas con hierbas y te vendó. Estuviste tres meses sin poder caminar, entablillado, pero con mucho dolor; ¡nunca llamaron a un médico! Pudiste quedar inválido. ¡De verdad, después de ese golpe es un milagro que puedas caminar! Has aguantado mucho y, ya ves... ha pasado más de un año desde el accidente y todavía cojeas. ¡Debes decirle a la Tía que te lleve al doctor!

—A la Tía le conviene que yo esté cojo.

—Pero a ti no. Piensa en ti.

En ese momento se escuchó la voz de la mujer.

—¿Están haciendo su trabajo? ¡Los oigo comadrear demasiado!

—Vamos —insistió Lorena bajando la voz—, habla con ella antes de que se emborrache más.

—Me... me siento muy mal hoy —comentó.

La Tía se había recostado en su hamaca frente al televisor y bebía a pequeños sorbos una botella de tequila.

—Me... mejor espero que se duerma y... y salgo yo mismo a la ciudad.

—¿Tú mismo? ¡Pero si estás como encadenado! ¡Apenas puedes caminar y no tienes dinero para subirte a un taxi o a un colectivo! La Tía te quitó todo lo que guardabas en el zapato el día del accidente. Además, si descubre que saliste sin su permiso, creerá que tratas de escapar, te buscará y te castigará como a Hugo...

Owin asintió.

—¿Qué diablos pasa aquí? —la matrona apareció detrás de ellos sin soltar su botella. Lorena regresó a la cocina y Owin tomó la escoba de nuevo.

—¡No quiero volver a verlos chismorreando!

Owin se apoyó en la muleta con el brazo izquierdo y usó el derecho para mover la escoba. La ironía de su vida era que él no había querido usar la muleta falsa y ahora la usaba de forma permanente.

Después de un rato, terminó cuanto le correspondía en el interior y salió al patio. Estaba obligado a barrer también los corrales. Recogió los huevos recién puestos por las gallinas, esparció maíz y lavó los chiqueros. Eso último era lo más asqueroso de su trabajo. Junto a los cerdos estaban dos cuartos donde se almacenaban desperdicios; los únicos que tenían argollas por fuera y podían ser cerrados con candado. Owin tragó saliva solo de pensar en el castigo que la Tía le impuso a Hugo cuando la pandilla lo encontró una semana después de huir: Lo encerró en uno de esos cuartos por dos noches y un día sin probar alimento.

La rodilla le molestaba con punzadas intermitentes y tardó más de la cuenta en sus labores. Cuando entró de nuevo a la casa, vio a la mujer dormida en su hamaca con la botella de tequila en el regazo frente al televisor que transmitía un programa de esoterismo.

Owin escuchó a Lorena trabajando en la cocina; tuvo el deseo de acercarse a ella, pero recordó que llevaba impregnado el olor a porqueriza. Fue hasta la regadera para bañarse. Sentía por esa chica un cariño diferente al que le inspiraba el recuerdo de su madre o su hermana. El cariño incipiente de un hombre hacia una mujer.

Después de un rato salió de la regadera y se vistió con ropa limpia. La Tía le había regalado dos pantalones y tres camisas y, aunque las prendas le quedaban zanconas pues había crecido mucho en los últimos meses, cuidaba de que estuvieran siempre pulcras y no olieran mal.

Lorena había terminado su trabajo y tomaba un respiro. Owin llegó a la cocina cojeando. Ella lo miró sin poder evitar un mohín de tristeza. Se limpió las manos en el delantal y dijo:

—A ver, amigo, siéntate en esta silla. Déjame revisar tu pierna.

Él obedeció. Lorena se puso en cuclillas e inspeccionó:

—Por fuera todo parece bien, el problema es por dentro... en la rodilla tenemos rótula, cartílago y líquido. Algo te quedó mal...

Le puso una mixtura de aceite y lo vendó usando un trapo limpio. Owin, mientras tanto, le acarició la cabeza con la mirada.

—Encontré esto —comentó ella de pronto—, tirado debajo de tu cama. Andrés me dijo que era tuyo...

La chica sacó de un cajón la libreta de Owin. Estaba sucia y maltratada. Había comenzado a deshojarse.

—¿Conoces esto?

Él asintió.

—A... antes la leía... Ya... ya no lo hago... Desde el día del accidente.

—¡Pero eso fue hace más de un año! Owin, en este cuaderno hay palabras interesantes. ¿De quién es?

—De mi mamá...

—¿Y lo tienes olvidado? ¿Cómo es posible? Mira lo que dice.

Pasó las páginas hasta hallar una que había sido doblada a la mitad y comenzó a leer:

Hoy he aprendido que no debo preocuparme si otras personas se molestan por mis opiniones. Seré honesta y respetuosa. Aunque no trataré de herir o causar problemas, pronunciaré mis deseos, exigiré mis derechos y hablaré sin temor. Cuando el asunto lo amerite, mostraré mi inconformidad con firmeza. Eso puede ocasionar que alguien se enfade. No importa. Dejaré que se enoje, le daré su tiempo y después hablaré con esa persona tranquilamente.

Por otro lado, nunca permitiré que buenas relaciones humanas terminen mal de forma permanente, ni aceptaré la indiferencia después de un desacuerdo. Dejaré pasar unos días, pero tendré la iniciativa de hacer una cita o una llamada para aclarar las cosas y extenderle al resentido mi mano amiga. En ese acercamiento, le haré saber, con palabras suaves el porqué reaccioné así, le diré que lo estimo, que no quise ofenderlo y que deseo continuar una relación amigable.

Hoy sé que el aprecio entre dos personas se fortalece con las reconciliaciones y la comunicación sin máscaras. Gran parte del éxito en la vida dependerá de mi capacidad para expresarme con palabras. A partir de hoy no le temeré al enfado ajeno y diré lo que opino con claridad.

Lorena cerró la libreta.

—Owin —agregó después—, he notado que siempre callas y quieres quedar bien con los demás. Te has convertido en una especie de esclavo en esta casa. Todos te traen de un lado a otro, y tú aceptas que te ninguneen con tal de que no se enojen contigo... Eso está mal... Cuando yo te conocí no eras así...

El muchacho había agachado la cabeza. Aunque su rodilla se estaba recuperando poco a poco, su mente había quedado postrada y sin fuerzas para luchar. No lo dominaron ninguna de las terribles circunstancias adversas, pero *la torre* lo hizo... Cuando limpiaba los corrales todas las mañanas, sentía la presencia física de ese fantasma eléctrico vibrar, y la piel se le erizaba ante la inminencia de su dominación. Aún se hacían sesiones de clavados, pero él no acudía a ellas y nadie lo presionaba. ¿Para qué? Los demonios no presionan a quienes tienen encadenados.

Una lágrima se deslizó por su cara.

—Be... Beky... —susurró al recordarla—. ¡Quie... quiero buscar a mi familia! Yo... yo no pertenezco a este lugar.

Agachó la cara y Lorena lo abrazó.

—Yo tampoco tengo por qué estar aquí... —se separó para hablar con furor—. Durante este tiempo he creído que mis padres deben haber sufrido mucho buscándome, pero luego me doy cuenta que yo he sufrido más y quizá ellos me han olvidado.

—¿Por qué dejaste a tus papás, Lorena?

—Traté de darles una lección. Mamá es actriz de teatro y papá es agente aduanal. Se divorciaron, se casaron con diferentes personas y me trataron como a un estorbo. Claramente dijeron que ninguno quería tenerme cerca... ¡Por eso los dejé! Pero fue un error. ¡Aunque mis padres están llenos de defectos, yo nunca debí abandonarlos! Soy una tonta, Owin. He tratado de darte consejos para que reacciones pero ¡yo estoy igual! ¡Encadenada a este sitio! Temerosa de que la Tía me haga algo malo.

—¡Te... tenemos que escapar!

—¿Y a dónde iremos?

—Cual... cualquier lugar es mejor que este.

—Sí. Tú y yo podemos ayudarnos.

—Pe... pe... —se puso de pie con entusiasmo—, pero debemos ser cuidadosos. Si... si la Tía se entera que planeamos irnos, nos meterá a los cuartos de castigo. Ya lo hizo co... con Hugo. Casi se muere.

—Sí, sí. Haremos todo con cuidado, sin despertar sospechas... Cuando menos se den cuenta habremos desaparecido, y nos reiremos para siempre de esa horrible bruja.

Escucharon el leve tronido de un movimiento articular, como si alguien de pie hubiese cambiado su punto de apoyo de una pierna a otra.

Lorena y Owin, aterrados, giraron la cabeza con rapidez. Sintieron que un alud de lava ardiente los cubría.

Parada junto a la puerta de la cocina estaba la Tía escuchando atentamente su conversación.

INDIVIDUALIDAD: DEJA DE TEMER AL ENFADO AJENO

REPASO DE CONCEPTOS

01. Procura ser sincero sin dejar de ser respetuoso. Lo que piensas es importante. Dilo sin inhibiciones.

02. Quizá a otros les incomodará tu sinceridad, pero debes estar seguro que a la mayoría de la gente le molesta más la hipocresía y la falta de transparencia.

03. Los privilegios se ganan, pero también los privilegios se "piden". Quien no solicita lo que merece, pocas veces lo recibe de manera espontánea.

04. Gran parte del éxito que logres en la vida dependerá de tu capacidad para expresarte con palabras.

05. Nunca seas tímido, callado o retraído. Pregona tus convicciones aunque produzcas enfado a otros. Aclara las cosas después y verás cuán dulces son las reconciliaciones.

PREGUNTAS Y ACTIVIDADES

01. ¿Conoces una persona que siempre dice sus pensamientos con transparencia y sinceridad? ¿A veces causa molestia? ¿Qué piensan de ella los demás?

02. ¿Hay algunos privilegios o favores que deseas obtener? ¿Cuáles? Planea la manera de solicitarlos y hazlo cuanto antes. Recuerda ser respetuoso y honesto al hablar.

03. ¿Alguna vez tuviste miedo de que otro se molestara y por eso preferiste tolerar situaciones con las que no estabas de acuerdo? Relata. Procura que eso nunca vuelva a ocurrirte. Si aún es tiempo, habla con franqueza.

04. Practica la reconciliación. Recuerda una persona de la que te hayas distanciado por un enfado. Ve a verla o llámale por teléfono. Dile que la aprecias, aclara los malos entendidos y ofrécele tu amistad.

15 Técnica de "regalar confidencias"

Beky miraba al horizonte con la vista perdida. Se sentía más sola que nunca. Agachó la cara y abrió uno de sus libros para distraerse, pero le fue imposible concentrarse en la lectura. Una lágrima acabó por desprenderse de sus ojos. Se limpió la cara, cerró el libro y miró por la ventana. Debía bajarse del autobús en la siguiente esquina. Se puso de pie y tocó el timbre. El chofer comenzó a disminuir la velocidad. Cuando detuvo el pesado vehículo, la joven pasó junto a él y se despidió.

—Que tengas un buen día, Tomás.

—Igual para ti, Beky.

Desde hacía varios meses tomaba la misma ruta a la misma hora y, con frecuencia, el autobús era conducido por el mismo chofer.

Entró al viejo edificio de gobierno en el que se hacía la localización de chicos desaparecidos. Subió las escaleras y fue a su mesa. Auxiliaba a una de las trabajadoras sociales. No le pagaban mucho, pero se enteraba, primero que nadie, de cada muchacho que era rescatado en la calle y canalizado a los albergues. Aunque en sus ratos libres revisaba los expedientes de los últimos años, no había encontrado noticias de su hermano.

Esa mañana fue especialmente activa. Nueve jóvenes inmigrantes, deportados del país vecino, estaban detenidos en la *Procuraduría para la defensa del menor*. Beky analizó el reporte. En la lista no aparecía su hermano.

—Quiero acompañarla para ayudar a acomodar a esos nueve jóvenes —se comidió—. ¿Puedo hacerlo?

—Claro... Hoy tenemos mucho trabajo: también encontraron, en el barranco del río seco, a un grupo de muchachos arrojándose desde lo alto de una torre eléctrica. Queremos enviar a dos trabajadoras sociales para que los inviten a salirse de ese lugar. ¿A dónde prefieres ir?

"Mi hermano jamás se arrojaría de una torre..." —pensó Beky.

—Prefiero ir con los chicos deportados.

—De acuerdo.

Con profunda tristeza, Beky comprobó que entre aquellos muchachos repatriados no estaba Owin, y ninguno sabía nada de él.

A las tres de la tarde subió a otro autobús urbano para dirigirse al mercado. Llegó a la librería en la que conoció a su benefactor del traje negro. Se había hecho muy amiga de la dueña.

—Hola, Catita —le dijo—, aquí están los libros que me prestaste. Muchas gracias.

—De nada, Beky. ¿Quieres llevarte otro?

—Sí. Pero déjame ayudarte a acomodar todo esto.

Había en el suelo una pila de volúmenes llegados recientemente. Beky comenzó a desempolvarlos y a clasificarlos.

—¿Cómo te ha ido con la búsqueda de tu hermano?

—Mal, Catita. Nadie sabe de él. A veces me desespero un poco... Han pasado cuatro años. ¡Cuatro!

—Mantén la esperanza. Verás que aparece cualquier día de estos.

—Sí. Ojalá...

—¿Y tu benefactor?

—Desde el día en que me dejó en el albergue no me ha visitado... Sé que manda dinero y se preocupa por mi bienestar, pero no lo he vuelto a ver... —entonces formuló la pregunta que hacía cada vez que iba a la librería—: ¿no ha venido por aquí?

La dueña del negocio movió la cabeza.

—Ya te lo he dicho. Aquel hombre no era el dueño de esta librería; solo era un cliente. Solía comprar libros de filosofía. Todavía no me explico cómo fue que ese día entró a mi oficina y los ayudó a escapar, a ti y a tu hermano, por la ventana del baño.

—Tú sí me crees, ¿verdad, Catita?

—Claro, hija... ¿por qué inventarías algo así?

Beky siguió acomodando libros sin hablar. Después de una hora se despidió de su amiga y salió del local. Volvió a tomar un autobús urbano. La tristeza le oprimía el pecho y le quitaba la respiración. Se sentía muy sola...

En cuanto llegó al albergue fue directo a la sala de trabajo. Había estudiado "comunicación afirmativa" con el resto de los chicos, pero desde que comenzó a trabajar, solo asistía a las sesiones vespertinas. Tomó asiento en su lugar habitual y escuchó al expositor. Estaba presentando la técnica de "regalar confidencias".

—Las personas usamos máscaras como estrategia —decía el maestro—, ponemos barreras que dificultan la comunicación. Hoy aprenderemos a quitarlas usando el método de "regalar confidencias". Nuestros actores, ¿pueden pasar al frente, por favor?

Los dos jóvenes, hombre y mujer, que solían representar los diálogos se pusieron de pie. El maestro continuó explicando:

—Algunos creemos que para decir nuestros sentimientos, anécdotas o proyectos se requiere un ambiente de intimidad especial y un amigo fiel que se haya ganado nuestra confianza. Esto no es necesariamente cierto. Las confidencias son un *regalo* que destraba la comunicación y agrega valor a las relaciones humanas; ¡ah!, y recuerden: los regalos se dan sin esperar una retribución a cambio, de lo contrario, dejan de ser regalos para convertirse en negocio.

Hizo una señal con la cabeza a los jóvenes actores y se retiró del escenario dejándolos solos. Los muchachos comenzaron a exponer ejemplos de la técnica.

—*¿Puedes cuidarme a los niños mañana?* —*preguntó ella*—, *sé que tienes la tarde libre.*

—*No* —*respondió él*—. *Voy a ir al cine. He pasado una semana difícil y me hace falta distraerme.*

—*¿Vas a ir al cine solo? ¡Qué tontería! ¡No seas malo! ¡Quédate a cuidar a mis hijos!*

—*Amiga, no puedo guardarte secretos a ti: hace dos días tuve un dolor abdominal terrible; pasé toda la noche revolcándome. Los médicos me hicieron exámenes y me detectaron una úlcera. Tengo demasiada presión en mi trabajo. A veces siento que me vuelvo loco. Necesito urgentemente calmarme y estar conmigo mismo para reorganizar mi vida. Sé que deseas un favor, pero también sé que me entiendes y me quieres igual que yo a ti. No puedo apoyarte, porque soy yo quien necesita de tu apoyo.*

—*Vaya* —*dijo ella con cierta pena*—, *no sabía que te estaba pasando todo eso. Gracias por tu confidencia y, por supuesto, cuentas conmigo.*

Los muchachos regresaron a sus asientos. Otros dos jóvenes varones pasaron al frente. Colocaron como escenario una mesa sobre la que pusieron dos vasos y una botella.

—*¿No me vas a acompañar?* —*preguntó uno de ellos*—. *Tómate una copa, ¡vamos!*
—*Prefiero refresco* —*respondió el aludido*—, *gracias.*
—*¿Por qué? ¡Este es un momento de alegría!*
—*Estoy alegre, pero no me agrada el alcohol.*
—*¿Eres un religioso fanático o qué? ¡Anda!* —*le sirvió un vaso hasta el borde*—. *Pruébalo al menos. Sé que te gustará.*
—*Mira, compañero. Aunque tenemos muy poco tiempo de conocernos, quisiera cultivar nuestra amistad. Por eso voy a compartirte algo: En mi casa siempre hubo alcohol. Aprendí a beber desde niño porque mi padre me enseñó. Él bebía a diario. En una fiesta como la de hoy se emborrachó y manejó el automóvil de regreso zigzagueando. Nos estrellamos con un camión. Todos salimos heridos. Mi padre siguió tomando hasta que acabó con su vida y con mi familia. No soy religioso fanático y por supuesto que me apetece beber este vaso de licor, pero necesito que me entiendas: prefiero tomar refresco.*
—*¡Oh!* —*dijo el otro muchacho con agradecimiento*—. *No sabía nada de eso. En tal caso tomemos refresco los dos.*

La concurrencia aplaudió.
El expositor aprovechó para decir:

—Por lo regular, cuando regalas una confidencia, rompes barreras, haces que la otra persona se sienta más cerca de ti y despiertas en ella el deseo de regalarte también sus propias confidencias. Veamos a nuestros actores exponerles un ejemplo más.

—*Ayer extravié mi cartera —dijo el muchacho—. La busque por horas. Finalmente la encontré, pero le eché a perder toda la tarde a mi familia.*

—*Esas cosas pasan —contestó el otro—. Yo perdí mi pasaporte en el aeropuerto y hasta la fecha no he podido reponerlo.*

El expositor intervino de nuevo:

—Como algunos habrán detectado, esta técnica conlleva el riesgo de que la otra persona se burle de ustedes o los califique como débiles. En esos casos, usen la técnica de "seguir la corriente" sin permitir que las palabras del ofensor los lastimen.

Se apartó para permitir a los actores continuar.

—*Extravié la cartera ayer —repitió uno de ellos—. Le eché a perder la tarde a mi familia.*

—*¡Qué barbaridad! —respondió el otro—. Eres un torpe.*

—*Sin duda, podría ser más listo.*

—*¡No pierdes la cabeza porque la traes pegada!*

—*Es cierto —dijo el primero llevándose ambas manos a las mejillas para jalar hacia arriba y tratar de quitarse la cabeza—. Gracias a Dios la traigo bien pegada.*

Los alumnos soltaron una carcajada. El expositor volvió al frente y los actores a sus lugares.

—En este grupo —dijo el maestro—, hemos ido conociéndonos poco a poco. Cada vez nos queremos más. Les puedo asegurar que los vínculos afectivos se fortalecen cuando se quitan las barreras. ¿Alguien quisiera regalar confidencias a sus compañeros hoy?

Hubo silencio por varios segundos. Al fin, una joven se atrevió a levantar la mano y pasó al frente.

—Yo soy hija de este albergue. Aquí me crie y aquí crecí... ahora estudio en la universidad. Quiero ser pediatra —titubeó—. Nunca me hablaron de mi pasado, pero yo investigué... Se los voy a compartir porque ustedes me caen bien y quiero hacerles ese regalo. Mi madre me abandonó en la calle. Casi muero. Estuve en el hospital infantil... —se interrumpió unos segundos—, creo que todos los seres humanos necesitamos el amor de nuestros padres... —miró hacia arriba para controlar su tristeza—. Si ellos nos traicionan, perdemos todo en la vida... Solo nos queda el amor de Dios... —sonrió un poco—, pero aunque lo tengamos a Él, a veces necesitamos gente de carne y hueso que nos abrace —se le quebró la voz—. Por eso estudio pediatría... quiero ayudar a los niños de escasos recursos y darles mucho amor.

La joven tomó asiento. Los presentes aplaudieron sintiéndose conmovidos y agradecidos. Cuando hubo silencio otra vez, Beky se puso de pie.

—Me llamo Beky Meneses —comenzó—. Tengo diecisiete años. Provengo de una hermosa familia. Mi madre murió de cáncer, luego mi padre enfermó de los nervios... cometió delitos graves y ahora está en la cárcel. Lo condenaron a nueve años de prisión. Apenas lleva cuatro... es el mismo tiempo que mi hermano menor ha estado perdido... —no pudo soportar la tristeza y agachó la cabeza—. Extraño mucho a mi hermano...

Cuando levantó los ojos para seguir su testimonio se quedó helada. Un hombre de mirada penetrante la observaba de pie junto a la puerta. El instructor le preguntó qué se le ofrecía.

—Soy el comandante Hermenegildo López —respondió usando tono militarizado—, necesito hablar con la señorita Beky Meneses.

Ella no pudo terminar su testimonio. Se disculpó y salió del aula para atender al policía.

—Le tengo buenas noticias —le dijo el comandante—. El gobierno federal ha propuesto reducir la sentencia a algunos presos para despoblar las cárceles. Un juez analizará cada caso y determinará a quienes les dará la libertad anticipada.

—¿De verdad? —exclamó Beky—. ¿Eso significa que tal vez mi papá salga libre?

—Puede ser. Depende. Las audiencias serán hoy. ¿Quieres venir?

PODER DE COMUNICACIÓN: USA LA TÉCNICA DE "REGALAR CONFIDENCIAS"

REPASO DE CONCEPTOS

01. Las personas usan máscaras para proteger su intimidad. Las máscaras se vuelven barreras que dificultan la comunicación.

02. Dos individuos conversando, con frecuencia se comportan como actores detrás de un disfraz. La persona afirmativa sabe quitar barreras para entablar un contacto más directo. Una de las mejores formas de hacer esto es regalar confidencias.

03. Regalar confidencias no es necesariamente hacer confesiones profundas como "mi padre era un alcohólico y nos golpeaba". Para efectos de la técnica, se consideran confidencias frases sencillas como "tengo hambre", "qué sueño me ha dado", "yo antes pensaba igual", "mi vida ha sido una aventura", etcétera.

04. Las confidencias son un regalo que destraba la comunicación y agrega valor a las relaciones humanas. Los regalos se dan sin esperar una retribución a cambio, de lo contrario, dejan de ser regalos para convertirse en negocio.

ACTIVIDADES

01. Ponte de acuerdo con otro compañero. Conversen usando la técnica de regalar confidencias. Hagan su plática real. Observen los resultados.

02. A partir de ahora, practica la técnica de regalar confidencias cada vez que sientas la comunicación rígida con alguien a quien aprecias.

16 Técnica de "dar cuerda"

Entró a la sala de espera y tomó asiento. Llevaba consigo un libro de asertividad. Trató de hojearlo, pero no pudo leer ni un párrafo. Se miró en el espejo lateral de la elegante salita y acomodó el mechón que siempre se salía de su sitio. Al fin la puerta se abrió. Dio un salto y apretó sus dedos con gran expectación. El flequillo volvió a cubrirle parte de la frente. El señor Meneses apareció.

—¡Papá! —exclamó emocionada.

Beky y Waldo Meneses se abrazaron.

Durante los últimos años, ella había visitado a su padre algunas veces en la cárcel, pero solo le habían permitido hablarle a través de un cristal.

—El juez puede llamarlos en cualquier momento —comentó Hermenegildo López antes de dejarlos solos—. Esperen aquí.

—Sí, comandante. Gracias.

Meneses tomó a su hija por los hombros para admirarla.

—¿Estás bien? ¡Te he extrañado tanto!

—Y yo a ti, papá...

—¡Mira nada más qué guapa vienes! ¡Y cómo has crecido! Eres toda una señorita.

Beky volvió a arrojarse a los brazos de su padre; recordó las palabras de su compañera: "siempre necesitamos gente de carne y hueso que nos abrace".

Después de un rato se separaron y tomaron asiento en el sillón. Era una estancia pequeña con mesas de cristal y alfombra marrón áspera.

—¿Tú crees que el juez acceda a reducir mi sentencia?

—Ojalá lo haga. Me dijeron que todo depende de cuál haya sido tu conducta en la prisión.

—Mmh.

Waldo Meneses agachó la cara. Era como si los papeles de padre e hija se hubieran invertido. Ella le pedía cuentas y él le ocultaba sus últimas travesuras.

—Papá —preguntó Beky—, ¿te has portado bien, verdad?

—Claro... Aunque sabes que tengo carácter explosivo. Cuando alguien me provoca, no puedo quedarme callado...

La joven movió su cabeza.

—¿Has causado problemas?

—Bueno... participé en algunas peleas...

—¿Originadas por ti?

—Beky, aquí te llueven agresiones verbales y tienes que defenderte. ¡O te vuelves violento o te mueres!

La joven guardó silencio. ¡Cuán diferentes soluciones les había enseñado la vida a ambos para resolver los mismos problemas!

—El comandante López se ha portado muy amable, ¿verdad, hija?

—Sí...

—Siempre pensé que era un hombre cruel...

—Lo era papá; al principio; pero ha cambiado. Hace cuatro años, cuando entré al albergue, pedí que me llevaran al mercado para buscar a mi benefactor y ahí me topé con el comandante. ¡Estaba frente a la librería tratando de investigar al hombre de traje negro a quien yo buscaba! Me preguntó si sabía algo y, al mismo tiempo, yo le pregunté si él sabía algo. Nos reímos de la extraña coincidencia y nos hicimos amigos... Desde entonces me ha ayudado a conseguir los permisos para visitarte...

—Silencio, parece que ya vienen.

El ruido exterior atenuó. Waldo Meneses se puso de pie y caminó en círculos.

—¡Cómo tardan estos malditos jueces! ¡Me hace mucha falta un cigarrillo!

—No sabía que fumaras.

—Aprendí a hacerlo. Aquí recibes tantas agresiones que se necesitan algunos escapes para no explotar.

Era la segunda vez que Beky oía la misma idea en esa corta reunión. ¿Mientras esperaban, sería prudente leerle a su padre algunas anotaciones del libro que traía?

—Papá —comenzó—, cuando se trata de ayudar a un ser querido hay cosas que no deben decirse, pero hay otras que no deben callarse.

—¿Perdón?

—Aunque no quieras escuchar, voy a compartirte un par de ideas que he encontrado —leyó—: "En el transcurso de tu vida, no podrás evitar que ciertas personas traten de fastidiarte. Si tomas las críticas muy a pecho, te destruirán."

—¿De qué hablas, hija?

—Sigue escuchando, por favor.

Advirtiendo otra vez que los papeles se habían invertido, Waldo Meneses suspiró y tomó asiento.

—Usa esta técnica —continuó Beky—: A quienes te critiquen demasiado, "dales cuerda" haciéndoles preguntas para obligarlos a ser honestos —dejó de leer y reiteró—. ¡"Dales cuerda", papá, pero no te ofendas ni estalles en revanchas! Es una técnica de comunicación afirmativa. Escucha estos ejemplos. Imagina a dos personas dialogando.

Volvió a leer:

—*¿Usted es el artista que sale en la tele?*

—*Sí.*

—*Me lo imaginaba más formal.*

—*¿En qué aspecto le parezco informal?*

—*Siempre lo he visto mejor arreglado.*

—*¿Tiene alguna sugerencia para mí?*

—*Bueno, creo que debería ir a lugares más privados.*

—*Sin duda, ¿qué más ve mal en mí?*

—*No debería vestir tan casual.*

—*De acuerdo. ¿Y mi familia, cómo la ve?*

—*No se moleste, pero a sus hijos me los imaginé más educados.*

—*Son unos malcriados, ¿qué más no le gusta de mí o de mi familia?*

—*Nada más. Yo solo quería hacer una crítica constructiva.*

—*Fue muy constructiva. Gracias.*

—*De nada.*

Waldo Meneses frunció las cejas y protestó:

—El artista de ese diálogo es demasiado tonto.

—O demasiado listo, ¿no crees?

Beky prosiguió.

Quien te critica para hacerte sentir mal no suele tener fundamentos en sus opiniones. Por eso cuestiónalo. Procura no usar la pregunta "¿por qué?" pues suena a contraataque, mejor repite toda la frase que el agresor ha usado y exige mayor explicación. Por ejemplo:

—*La música que oyes es terrible.*

—*¿Qué tiene mi música para ser terrible?*

—*Es desordenada y sin ritmo.*

—*Según tú, ¿qué hace a mi música ser desordenada y sin ritmo?*

—*¡Pues la falta de preparación de los intérpretes! ¿No te das cuenta? ¡Son unos simios!*

—*¿Qué te hace pensar que son unos simios?*

—*¡La manera en que visten y peinan!*

—*¿Qué te desagrada de la forma en que visten y peinan?*

—*¡Su ropa, no combina!*

—*¿Qué te hace parecer que su ropa no combina?*

—*Bueno, a mí me enfada.*

—*¿No crees que todo esto es solo cuestión de gustos?*

—*Sí. ¡Y tú tienes muy mal gusto!*

—*¿Crees que tengo mal gusto porque nos agradan diferentes cosas?*

—*No lo tomes como algo personal. Solo quería darte un consejo.*

—*Muy bien, ¿qué otro consejo musical te gustaría darme?*

—*¡Ninguno! ¡Tú ganas! ¡La música es cuestión de gustos!*

Waldo Meneses sonrió.

—Para contestar así necesitas tener aceite en las venas.

—No, papá, solo requieres entrenamiento. La técnica se domina con práctica. Escucha este último ejemplo.

—*No me gustó tu participación en el concurso de oratoria.*

—*¿Qué te desagradó de mi participación en el concurso de oratoria?*

—*Déjame pensar.... ¡ah, sí!, estabas nervioso.*

—*¿Qué te hizo pensar que estaba nervioso?*

—*Bueno... te trabaste al principio.*

—*¿Qué más viste mal?*

—*Hablaste un poco rápido.*

—*¿Qué más observaste?*

—*Tus movimientos no eran muy elegantes.*

—*¿Qué tenían mis movimientos que no te parecieron elegantes?*

—*Tú sabes. La forma de usar las manos.*

—*¿Cómo usé las manos?*

—*Con poca naturalidad. Oye... no creí que te interesara tan a fondo mi opinión.*

—*Pues me interesa. ¿Tienes otro comentario?*

—*Bueno, en realidad no lo hiciste tan mal.*

Meneses asintió meditabundo.

La puerta de la estancia se abrió. Aparecieron dos oficiales armados.

—Puede pasar a la sala. El juez analizará su caso.

Beky caminó detrás de su padre.

—Disculpe, señorita —le dijo uno de los policías—, debe esperar aquí. Cuando la revisión de la sentencia termine, pasaremos de nuevo por este sitio.

Beky retrocedió y se quedó quieta.

Transcurrió casi media hora. Entonces se escucharon gritos y ruidos estridentes de sillas cayendo al suelo. Beky pegó el oído a la puerta. Oyó la voz descontrolada de su padre.

—¡Eso es injusto! ¡No lo voy a tolerar! Mis hijos están en la calle y yo aquí encerrado! Es injusto. ¡Juez miserable! ¡Bien se ve que usted no tiene corazón! ¡Se pudrirá en el infierno!

Los ruidos continuaron, pero la voz del señor Meneses no se escuchó más. Después de unos minutos, la puerta de la estancia se abrió. Los oficiales armados llevaban al prisionero a rastras. Había sido golpeado; un hilo de sangre le escurría por la boca.

—¡Dios mío, papá! ¿Qué hiciste?

El hombre miró a su hija de soslayo, como disculpándose con ella, y pasó de largo arrastrado por los gendarmes. Detrás de la escolta apareció Hermenegildo López. Beky se acercó a él con un gesto de terror.

—¿Qué pasó?

El comandante agachó la cabeza y respondió simplemente:

—Lo siento mucho...

Entonces Beky, en un impulso impensado, como los de su padre, salió del edificio y corrió por las calles, llorando.

PODER DE COMUNICACIÓN: USA LA TÉCNICA DE "DAR CUERDA"

REPASO DE CONCEPTOS

01. Cuando alguien te critique de manera frontal, no te molestes. Analiza primero cuáles son sus intenciones. Si trata de darte un mensaje para tu bien, escúchalo y tómalo en cuenta. Si solo trata de incomodarte, no lo tomes en serio.

02. En cualquiera de los casos anteriores, te será muy útil "darle cuerda" a tu agresor. Eso te permitirá detectar sus verdaderas intenciones y lo ayudará a él a ser objetivo.

03. "Darle cuerda" a alguien es hacerle preguntas sobre el mismo tema para obligarlo a ampliar su crítica.

04. Al "dar cuerda", procura no usar la pregunta "por qué" pues suena a contraataque; mejor, repite toda la frase que el agresor ha usado y exige mayor explicación.

ACTIVIDADES

01. Ponte de acuerdo con otro compañero. Pídele que te ataque usando frases de crítica; practica la técnica de dar cuerda.

02. Inviertan los papeles. Ahora tú atácalo y que él se defienda.

03. A partir de ahora, practica la técnica de dar cuerda cada vez que alguien trate de hacerte sentir mal con sus ofensas.

17 Enójate contigo mismo

Owin subió el tortuoso camino del barranco. Llegó a las calles de terracería y se detuvo frente a la puerta metálica del "expendio".

Ya no cojeaba. Se había recuperado por completo. Los cuidados de Lorena y el movimiento lento pero continuo durante los últimos meses le habían ayudado como terapia y le habían restituido el daño de la rodilla.

Golpeó la puerta seis veces con rapidez. Luego hizo una pausa y volvió a golpear tres veces más.

—¿Quién es? —se escuchó una voz desde el interior.

—E... el Bizcocho.

—Ya voy, Bizcocho.

Un anciano jorobado abrió la puerta.

—Pásale. Disculpa el tiradero, pero acaba de llegar mercancía.

Owin caminó entre los paquetes de contrabando.

—Nunca me has dicho por qué te apodan el Bizcocho.

—Po... por blandito. Co.. como nunca protesto de nada...

El jorobado soltó una carcajada que sonó a rebuzno.

—¡Pues a mí me regateas los precios!

—U... usted e... es mi amigo. Nu... nunca me ha hecho daño.

—Entonces con los amigos protestas y con los enemigos te portas blando como bizcocho... ¡Bonita cosa!

Owin se ruborizó. Era un resumen bastante triste de su condición actual. Se había convertido en el administrador de la casa; llevaba por escrito el control de cada trabajo que la Tía le daba a los muchachos, aseaba la vivienda, iba al expendio, entregaba al anciano jorobado los billetes de lotería atrasados, pagaba los vendidos y se surtía, tanto de nuevos artículos de contrabando como de comida y licor para la Tía. Era ordenado en el manejo del dinero, y cuando la matriarca estaba sobria le entregaba cuentas con escrupulosa exactitud. Por otro lado, sus compañeros le pedían favores y él jamás se negaba.

—¿Por qué no muestras el coraje que tienes? ¡Eres un joven fuerte y listo! No deberías ser el criado de esa bruja...

—Tra... traigo una lista de... de cosas que necesito...

El jorobado insistió.

—No me cambies el tema. Hace poco vinieron dos trabajadoras sociales que ayudan a jóvenes desamparados. Las viste y no hablaste con ellas ¿Por qué? ¡Era tu oportunidad!

Owin apretó los dientes. Vivía con miedo y no quería arriesgarse a volver a ser castigado.

—Te ha ido muy mal, ¿verdad?

Owin tragó saliva y cerró varias veces los ojos para evitar que las traicioneras lágrimas aparecieran.

—A... a mí y a... a to... todos mis compañeros nos ha ido mal...

—Es lógico... La calle es el peor lugar para vivir —el anciano suspiró—. Déjame ver tu lista.

Owin se la dio y ambos comenzaron a trabajar en silencio.

El comentario del jorobado era verdad. La calle menoscaba día a día a sus pobladores y les va enseñando mañas deshonrosas. Owin había sido testigo de la degradación paulatina de sus compañeros: Andrés cambió el cuchillo con el que solía hendirle los glúteos a sus asaltados, por una pistola de bajo calibre, y Samperio dejó de ser el líder fuerte para convertirse en un drogadicto enclenque. Durante esos años, todos en la casa habían cambiado: Los niños se convirtieron en adolescentes, y los adolescentes en jóvenes. Llegaron algunos miembros nuevos y salieron otros; de los desertores corrían toda suerte de rumores... se decía que unos habían muerto, que otros habían sido detenidos por la policía y que los más infortunados habían acabado en hospitales después de sufrir el castigo de la pandilla por tratar de huir.

Owin había padecido en carne propia la tortura, aunque ni él ni Lorena consumaron el intento de fuga, solo por planearlo fueron encerrados. En aquella ocasión la Tía los metió a cada uno en un cuarto cerca de los chiqueros durante cinco días, obligándolos a comer y a beber el mismo alimento de los cerdos. Su único consuelo fue que pudieron conversar a través de la delgada pared hecha con palos secos, y turnarse por las noches para dormir a ratos mientras el otro hacía ruidos tratando de alejar a las ratas. Al salir del aislamiento, ambos habían adelgazado y enfermado pues ninguno se atrevió a comer completas las asquerosas raciones que les fueron suministradas. La Tía los dejó regresar a sus antiguos puestos, y ellos nunca más volvieron a planear una fuga.

Owin y el jorobado terminaron de surtir la lista e hicieron cuentas; el muchacho pagó con muchas monedas y salió del expendio cargando varias bolsas llenas de mercancía.

El sol había declinado y el atardecer era diáfano. Los "sobrinos" comenzaban a llegar. Algunos rebasaban a Owin por el sendero, dándole palmadas en la cabeza y gritándole con sarcasmo:

—Vamos, Bizcocho. ¡Ya casi llegas!

De pronto se encontró con un espectáculo aterrador. Aprovechando que la Tía dormía la borrachera, varios muchachos habían sacado a Lorena de la casa y la conducían a jalones hacia las torres de luz.

—¿Qué... qué ocurre?

—¡Va a haber "clavados"! —le dijo alguien que pasó a toda prisa junto a él.

—¿Y... y por qué se llevan a Lorena?

Nadie le contestó.

Owin dejó las bolsas con mercancía en el suelo y corrió. Amaba a Lorena. Compañeros de la misma desgracia, durante el encierro se dieron cuenta de que solo se tenían uno al otro, y ahora, para evitar represalias, eran novios en secreto.

Junto al camión desvencijado se había reunido un grupo de jóvenes. Andrés, quien, gracias a su pistola, era el nuevo líder, llevaba del brazo, casi a rastras, a Lorena.

—Tú decides, preciosa. O juegas a "la muñeca de trapo" primero conmigo y después con todos los que quieran, o subes a la torre y te avientas.

La muchacha se sacudía tratando de escapar.

—¡Déjenme en paz!

Owin caminó sintiendo que el corazón le latía a toda velocidad y la cabeza le estallaba. Jugar a "la muñeca de trapo" era fingirse flácida y sin vida durante varios minutos mientras los hombres la besaban y manoseaban. No podía permitir que le hicieran eso a su novia.

Con profundo pesar detectó que también las chicas presionaban a Lorena.

—¡Todas pasamos por lo mismo! Pórtate como muñeca de trapo unos minutos. Es lo más fácil. Ninguna nos hemos aventado de la torre.

Andrés se puso frente a su víctima y preguntó:

—¿Qué decides?

Owin llegó.

—¡Ba... basta!

—¡Santa Cachucha! —se burló—. ¡El Bizcocho tartamudo!

Lo agarraron entre dos y un tercero lo golpeó en el estómago.

—¿Vienes a defender a la cocinera? ¡De acuerdo! ¿Cómo ven, muchachos? ¿Perdonamos a Lorena el castigo, por hoy, si el Bizcocho se tira de la torre?

—¡Sí! —gritaron a coro—, ¡que se tire!, ¡al fin que tiene una rodilla biónica!

Owin se recuperó del gancho que recibió y se levantó para mirar, en el paroxismo del terror, las alternativas. No podía permitir que esos tipos le pusieran una mano encima a Lorena, ni que ella tuviera que arriesgarse... solo quedaba una opción. Imaginó que caminaba hacia la torre y trepaba por los largueros de metal, vislumbró la atracción electromagnética sobre su cuerpo y representó en su mente la vista aérea del camión esperándolo. Quiso dar un paso al frente pero sus piernas no se movieron.

—¡Mírenlo!

—¡Está temblando!

—¡Es un Bizcocho de gelatina!

En ese instante, varios muchachos le cayeron encima y comenzaron a golpearlo hasta postrarlo en el piso de nuevo.

—¡Olviden a este cobarde! ¡Déjanos besarte, muñeca!

Owin sintió cómo la furia se apoderaba de él, pero esta vez se trataba de una emoción distinta: ira para consigo mismo. Con la boca pegada al suelo se regañó. "¿Qué estás haciendo, cretino? ¿Qué te sucede? ¡Reacciona! Mírate aquí, tirado en el suelo sin poder siquiera defender a la mujer que amas, ¡estúpido detestable! ¿De qué le sirvió a tu madre heredarte un cuaderno lleno de ideas positivas, si no has aplicado ninguna de ellas? ¡Debes hacer algo para romper las cadenas que te aprisionan!"

Enfurecido, golpeó el puño contra el suelo una y otra vez y se incorporó a medias. Nadie le hacía caso ya. Los jóvenes habían avanzado hacia el camión-alberca.

Owin se puso de pie y caminó.

"¡Basta de timidez! —continuó reprendiéndose mentalmente—. ¿Me oyes? O comienzas a luchar por tus ideales o acabarás siendo un frustrado. ¡Arráncate los apodos que te han puesto y sal de tu concha! ¡Ya basta de mediocridad! ¿Por qué continúas en este barrio, lleno de miedo y esclavo de esos imbéciles? ¡Estás aquí porque quieres! Te has convertido en lo que aceptas ser. No le eches la culpa a la mala suerte o al destino. ¡Rompe de una vez las cadenas!"

Su monólogo mental fue interrumpido por ovaciones y aplausos. Levantó la cara y miró.

Lorena estaba subiendo a la torre con movimientos lentos. De pronto, paralizada por el miedo, se detuvo.

—¡Un poco más! —le gritaban—, sube un poco más.

Reinició su ascenso.

Llegó al peldaño que estaba marcado con pintura amarilla. Se giró y echó un vistazo hacia abajo.

Un fuerte viento de las alturas le hizo volar el pelo y la electricidad aprovechó para adueñarse de algunos cabellos.

—¡Tírate! ¡Hazlo ya!

Owin gritó con todas sus fuerzas.

—¡Lorena, no lo hagas. Bájate de ahí!

—Cállate, Bizcocho.

—No me llamo así, y déjenla en paz, ¿me oyeron?, ¡déjenla en paz!

Por primera vez en su vida Owin, no tartamudeó al hablar. Sus compañeros detectaron eso y quedaron en suspenso por la determinación y coraje que observaron en su cara, pero al instante los gritos y aclamaciones les hicieron volver la vista de nuevo a la peligrosa escena que se estaba llevando a cabo. Lorena había saltado de la torre y venía cayendo en el aire a toda velocidad.

INDIVIDUALIDAD: CUANDO ESTÉS "ENCADENADO" ENÓJATE CONTIGO MISMO

REPASO DE CONCEPTOS

01. Quien ha cometido demasiados errores, queda encadenado a un ciclo de baja autoestima y más caídas; para salir de él, debe hacer un esfuerzo sobrehumano por romper las cadenas.

02. Enfadarse consigo mismo es como darse unas bofetadas mentales para reaccionar.

03. Si has tenido una mala racha por tus actuaciones erróneas date un fuerte regaño a solas. Háblate claro a ti mismo de una vez y ponte nuevas reglas sin miramientos. Hazlo con verdadera pasión para que funcione.

04. Cuando se ha tocado fondo, solo se puede ir hacia arriba.

05. ¡Vales mucho! ¡Tu vida tiene sentido! ¡No te abandones a la derrota y actúa como debes! Solo tú eres dueño de tus decisiones, responsable de lo que haces o dejas de hacer. Eres quien has aceptado ser. No le eches la culpa a la mala suerte o al destino. ¡Tú puedes cambiar las cosas!

ACTIVIDADES

01. ¿En alguna área de tu vida has sentido que cometes un error tras otro? No lo permitas. Sal a caminar a solas y date un fuerte regaño. Sé duro y claro. Haz que esto se convierta en un nuevo inicio de tu existencia.

02. ¿Le has echado la culpa a la mala suerte o al destino por algo? Escríbete una carta en la que te regañes a ti mismo por eso. Recuerda que eres quien has aceptado ser y puedes cambiar las cosas.

18 Técnica del "punto final"

Beky miró al cielo, asustada. Se aproximaba una tormenta gigantesca. Caminó por la acera; el aire la empujaba en sentido contrario. Se refugió en una caseta de teléfonos para emergencias. Descolgó el auricular. Le dio línea. Esos aparatos solo servían para llamar a los bomberos y a la policía, pero cuando había contingencias en la ciudad, el gobierno los activaba de forma completa.

Marcó el número que se sabía de memoria. Una voz femenina le contestó.

—¿Bueno?

—¿Maestra?

—¿Beky?

—Sí...

Años atrás, mientras se adaptaba al albergue, llamó varias veces a su maestra y ella siempre contestó. Un día, se dio cuenta que las respuestas a sus problemas estaban dentro de ella misma y dejó de telefonear.

—¡Me da mucho gusto oírte! ¿Cómo te ha ido?

—¡Usted lo sabe todo, maestra! ¿Qué le han dicho sus sueños?

—Pareces alterada...

—Por supuesto. ¡Estoy alterada! ¡Hace unos días revisaron la sentencia de mi padre, y el juez le negó la reducción! ¡A todos los presos les perdonaron parte de su condena menos a él! Me siento impotente y sola. He perdido la esperanza de hallar a Owin y ya no sé cómo ayudar a mi papá.

El viento arreció y se escucharon fuertes fragores provocados por el chisporroteo de un transformador cercano. Beky se agachó por instinto.

—¿Qué fue ese ruido? —preguntó la maestra.

—La ciudad se ha obscurecido y el aire sopla como nunca. Creo que va a haber un ciclón.

—¡No es un ciclón, Beky! ¿Desde cuándo no oyes las noticias? ¡Se avecina un huracán de categoría cuatro! Arremeterá contra la costa situada a pocos kilómetros de donde tú te encuentras. Debes refugiarte.

—¡Ahora entiendo! En las calles la gente corre como enloquecida. Ya me voy, pero dígame, maestra, ¿qué puedo hacer? ¿Debo sentarme a esperar que mi padre salga de la cárcel dentro de cinco años y mi hermano sea encontrado muerto en algún despeñadero?

Se oyó el ronco y prolongado rugir de un fuerte relámpago.

—Antes que nada, protégete del huracán. Luego recuerda todos los conceptos que has aprendido y úsalos para convencer a un abogado que ayude a tu papá. Él puede salir antes si tiene buena defensa.

—¡Lógico! —dijo Beky con enfado—. Hasta ahora solo lo han ayudado inexpertos practicantes gratuitos. ¿Pero de dónde voy a sacar dinero para pagar un buen abogado? ¿Usted me prestará?

—Te daré el nombre y la dirección de uno de los más competentes de la ciudad en la que estás. Visítalo. Él lleva algunos juicios para personas necesitadas. Puede encargarse de tu caso si lo convences.

—¿Le digo que voy de parte de usted?

—No es mi amigo... ni siquiera me conoce, pero ve a verlo y sé perseverante. La vida no es una carrera de velocidad, sino de resistencia. Solo la gente tenaz alcanza grandes logros... ¿Tienes dónde anotar?

Beky halló una pluma pero no hojas. Escribió sobre la palma de su mano izquierda.

—Adelante.

Una tenue lluvia comenzó a caer. La chica escribió los datos del abogado, le dio las gracias a su maestra y colgó.

Otro relámpago profundo y lento hizo retumbar las calles. Un viento fantasmal comenzó a danzar en círculos elevando por encima de los edificios toda suerte de basura. La chica miró lo escrito sobre su piel; la tinta se estaba corriendo por el agua de la lluvia. Memorizó los datos y, motivada por una repentina oleada de coraje, caminó decidida hasta la parada de autobuses. Iría, de una vez, a visitar a ese abogado. La maestra le había dicho que recordara los preceptos aprendidos, y uno de ellos era que cada problema debe enfrentarse de inmediato.

Llegó al edificio indicado y subió por las escaleras. Los despachos de la firma estaban en un caos: Las secretarias corrían de un lado a otro con cajas de expedientes para guardarlos en una bodega hermética, el vigilante del piso cruzaba los ventanales con gruesas cintas adhesivas para evitar que las fuertes ráfagas de viento los hicieran añicos, y los licenciados se despedían a toda prisa para salir del edificio cargando documentos personales.

Beky estaba empapada. Se internó en la recepción sin darse cuenta que dejaba tras de ella un charco alargado sobre el piso de madera.

—Quiero ver al licenciado Terrazas —dijo a una de las empleadas que iba y venía con expedientes.

—¡Las oficinas están cerradas!

Beky observó el ajetreo. Parecía la evacuación de un barco que se hundía. ¿Por qué tanta prisa?, pensó. ¡Estamos en una ciudad! No hay viento capaz de tirar estos edificios.

—Por favor —insistió Beky al ver pasar de nuevo a quien parecía la recepcionista—, necesito ver al licenciado Terrazas.

—¿Para qué? —preguntó la mujer con expresión de histerismo.

—Vengo a informarle de un caso urgente. No tardaré mucho.

—Su despacho está subiendo esas escaleras, pero...

—Gracias —interrumpió Beky—, muchas gracias. Qué tormenta tan fuerte, ¿no le parece?

—No es una tormenta. Es un huracán. Dios nos ampare.

Beky caminó por el pasillo satisfecha de haber podido usar una de las técnicas más sencillas y útiles de la comunicación afirmativa: "el punto final". Se la habían enseñado en la escuela y ella había memorizado algunos de los fundamentos.

Una vez que la persona con quien negocies ceda un poco, usa la técnica del punto final: Acepta la oferta de inmediato agradeciéndole con firmeza y pasando a otro tema menos crítico.

El éxito de la técnica depende de la rapidez que tengas para captar el primer indicio de duda o ventaja, adueñándote de ella con un "gracias", "está bien", "perfecto" o "en eso quedamos", para después hablar de algo distinto o simplemente despedirte.

Frente a un vendedor hostigoso, por ejemplo, nada es mejor que esta técnica. Puedes interrumpirlo con: "No me interesa, gracias de todas maneras; que tenga buen día". Tanto la contundencia de tu voz, como el cambio de tema —deseándole buen día—, harán al vendedor desistir.

Aprende a poner *puntos finales* en las discusiones cuando así te convenga, usando un tono de voz decidido y pasando tranquilamente a tópicos diferentes.

Llegó a las escaleras interiores que conducían al despacho del licenciado Terrazas; junto a ellas había un elevador privado abierto de par en par. Sin pensarlo mucho, se metió a él y oprimió el único botón. La puerta se cerró. De pronto hubo un estremecimiento, las luces se apagaron y el ascensor se detuvo. Beky quedó petrificada. La planta eléctrica de luz del edificio intentó entrar en acción, pero el voltaje que inyectó fue demasiado bajo y solo produjo un leve zumbido al motor del ascensor sin alcanzar a moverlo. En el vestíbulo principal, los focos se encendieron a medias como tétricas velitas.

—¡Auxilio! —gritó Beky—. ¡Me quedé atrapada!

Nadie respondió a su llamado, quizá porque nadie la vio subir al elevador, o porque su voz de alarma fue apagada por el ruido del aguacero que caía como una lluvia de grava.

—¡Auxilio! —volvió a gritar—. ¡Ayúdenme a salir!

No hubo contestación. Afuera todos estaban demasiado ocupados en la evacuación del edificio.

—¿Qué hago aquí? —expresó—, ¿cómo se me pudo ocurrir meterme a una caja eléctrica en medio de esta tempestad?

La corriente se restableció de forma intermitente cortándose cada dos segundos. El elevador empezó a subir a sacudidas.

—¡Sigue, sigue, no te detengas! —murmuraba Beky sintiendo cómo las gotas de sudor le corrían por la frente.

El ascensor llegó al siguiente nivel, pero cuando iba a comenzar a abrirse, la luz se apagó de nuevo, esta vez de manera definitiva. La planta eléctrica ni siquiera intentó arrancar. Solo se escuchaba el fragor del huracán.

PODER DE COMUNICACIÓN: PRACTICA LA TÉCNICA DEL "PUNTO FINAL"

REPASO DE CONCEPTOS

01. Algunos diálogos pueden alargarse porque las personas están en el filo de aceptar o no determinadas condiciones. La técnica del "punto final" consiste en tomar ventaja con rapidez y pasar a otro tema.

Por ejemplo:

—¿Les daré el día libre? No estoy seguro.

—Hazlo. Adelantaremos nuestro trabajo después.

—¿Pero será lo correcto?

—Lo es. Muchas gracias. Ahora solo aclárame esto: ¿el reporte que necesitas debe ser empastado o engrapado?

Otro ejemplo:

—Espero que me acompañes a la fiesta

—No puedo, lo siento. Será en otra ocasión. Oye, ¿cuál es el número telefónico de Luis? Lo necesito porque...

02. Aprende a poner "puntos finales" en las discusiones usando un tono de voz decidido y pasando tranquilamente a tópicos diferentes.

ACTIVIDADES

01. Ponte de acuerdo con otro compañero. Dile que te pida algo. Contéstale de manera negativa usando la técnica del "punto final".

02. Inviertan los papeles. Ahora tú solicítale algo y que él te responda.

03. A partir de ahora, practica la técnica del "punto final" cada vez que así te convenga en las negociaciones.

19 Técnica de "tragarse una grabadora"

Beky introdujo los dedos en la hendidura central de las puertas corredizas y jaló con todas sus fuerzas. El resquicio se abrió apenas treinta centímetros. Insertó su cuerpo de perfil, moviéndose con dificultad y guardando la respiración logró salir de la trampa.

Eran alrededor de las cuatro de la tarde, pero la luz mortecina exterior aparentaba provenir de una tarde a punto de sucumbir en la oscuridad nocturna y daba al edificio un aspecto tenebroso.

Llegó a la oficina principal.

Frente a Beky estaba la puerta del abogado que buscaba. Tocó con los nudillos. Nadie respondió. Abrió muy despacio. Un hombre calvo, parado en una silla inestable, ponía cinta adhesiva en los cristales.

—Licenciado Terrazas —dijo la chica—. ¿Puedo ayudarlo?

—Sí —respondió sin voltear a verla—. Detenga este asiento. Las ruedas no dejan de moverse.

Beky se comidió de inmediato. El hombre terminó de proteger la ventana y siguió con otra. Beky continuó auxiliándolo durante largo rato. Mientras tanto, él se quejaba:

—¡Otras veces suspendimos el trabajo por temor a temporales que nunca llegaron, y ahora que no lo hicimos, el huracán nos pilló desprevenidos!

Acabaron la tarea y el abogado se volvió para reconocerla.

—¿Hace mucho que trabaja en esta firma, señorita? Nunca la había visto. ¿Por qué está mojada?

Beky dio unos pasos hacia atrás y respiró con nerviosismo.

—Me empapé con la lluvia porque vengo de la calle y, bueno, en realidad no trabajo aquí.

—¿Ah, sí? ¿Y puede tener la cortesía de explicarme cómo llegó a mi oficina?

Beky permaneció callada recordando los preceptos de su curso de comunicación afirmativa.

Una vez planteado lo que deseas, no discutas. Repite una y otra vez tu petición, sin prisa, recordando que no debes entrar en polémicas; tampoco es necesario dar razones o explicaciones. Insiste en tu deseo, aunque tus frases no contesten lo que el otro pregunte, tal como si te hubieses tragado una grabadora.

El problema era que ella no había planteado su deseo aún. Lo hizo levantando la voz, pero procurando no sonar autoritaria. Cuando terminó de explicar la situación de su familia, guardó silencio. El abogado se mostró enfadado y le habló de tú.

—¿Cómo te atreves a aprovecharte de esta tempestad para entrar aquí a pedirme que defienda *gratuitamente* a tu padre?

—Esta tempestad no es nada comparada con la que ha azotado mi vida y la de mi familia desde hace varios años. ¡Necesito su ayuda!

—¿Eres poeta? —se burló—, lo siento, jovencita. No es momento para discutir algo así. Vuelve después.

La persona a quien le pides algo con suficiente obstinación, tarde o temprano cederá. Evita alterarte o discutir. Usa una de las armas más poderosas en la comunicación afirmativa: Insistencia y serenidad.

—Comprendo que piense usted así —respondió Beky—, ¡pero necesito que nos ayude, a mí y a mi padre!

—No puedo comprometerme. Vuelve dentro de un mes.

—¡Dentro de un mes será demasiado tarde! Sé que usted puede ayudarnos si lo desea. Atienda nuestro asunto, por favor.

—¡No lo haré! Y menos gratuitamente. He patrocinado a varias personas este año. Debo trabajar por dinero, o la firma quebrará.

—Comprendo, pero necesitamos ayuda.

—Búscala en otro lado.

—Necesitamos *su* ayuda.

—¡Tenemos que salir de este edificio pronto o el huracán nos dejará encerrados!

—Sí, licenciado. Tiene razón, pero no me voy a ir sin que usted acepte ayudarnos.

—¡No tengo ninguna obligación de ayudarlos, déjame en paz y vámonos pronto!

—Comprendo que piense así y tiene razón, pero mi padre y yo necesitamos ayuda, y usted puede dárnosla.

—¡Puedo, mas no quiero! ¡Nadie puede obligarme a nada!

—Definitivamente. Nadie puede obligarlo. Yo solo le pido, le suplico, con el corazón en la mano que nos ayude.

—¡Vaya que eres insistente! ¿Cómo diste conmigo? ¿Quién te dijo que yo podía trabajar gratis para ti?

—Comprendo que esté molesto, pero necesitamos ayuda.

—No contestaste mi pregunta, ¿cómo llegaste hasta aquí?

—Digamos que me envió mi ángel de la guarda. Es alguien a quien usted no conoce... Necesitamos ayuda. ¿Nos la dará?

—Hay muchos abogados. ¡Dile a tu ángel de la guarda que te recomiende otro!

—Usted es el más competente. No hay otro. Y como bien dijo, *puede* ayudarnos, todo depende de que *quiera*. ¿Lo hará?

—No, niña. Y estoy empezando a exasperarme. Si pretendes quedarte aquí es asunto tuyo. Cerraré las oficinas y me iré.

El abogado se aproximó a la puerta.

Cuando apliques la técnica de "tragarte una grabadora", ten el valor para aguantar gritos y amenazas *sin moverte del mismo lugar*. Puede ser que la persona a quien solicitas algo quiera huir o trate de obligarte a que te vayas. No lo hagas, a menos que peligre tu integridad física. De ser posible, exígele que llame a un superior y continúa serenamente usando la técnica.

Beky miró a los lados. Ni peligraba su integridad física, ni podía pedirle al abogado que llamara a su jefe, así que permaneció impasible.

—¿Te vas o te quedas?

—Comprendo, pero no me moveré hasta que acepte ayudarnos.

—¿Qué te pasa? ¿Cómo puedes estar tan tranquila? ¡Entiéndelo! No me vas a convencer así.

—Puede ser, pero necesito que nos ayude.

La lluvia pareció atenuarse y a cambio aumentó la intensidad del viento que se filtraba por las rendijas provocando un fortísimo ulular.

—Aquí te quedas, niña.

Beky permaneció de pie en medio del despacho, dispuesta a no moverse ni un milímetro. Cuando vio que el licenciado Terrazas salía, estuvo a punto de soltarse a llorar, pero se controló repitiendo en voz baja: *insistencia con serenidad, insistencia con serenidad, insistencia con serenidad...*

El abogado quiso cerrar la puerta y buscó en su chaqueta las llaves. No las traía.

—Maldición —murmuró—. Esto no puede ser.

Subió corriendo de nuevo los escalones. Desde que fumaba puros, su condición física se había mermado en grado superlativo. Llegó sofocado.

—Vámonos, niña. No seas necia.

—Comprendo, pero necesito que nos ayude.

—Esto es increíble... —buscó las llaves en sus cajones. Ahí estaban. Se dio la vuelta para salir otra vez.

—Te voy a dejar aquí. ¡Hablo en serio!

—Perdone, licenciado, pero necesito que nos ayude.

—¡Dios mío! Esto es una locura.

—Ayúdenos, por favor...

El licenciado Terrazas movió la cabeza negativamente. Dio la vuelta y se dirigió a las escaleras otra vez. El viento cimbraba los enormes cristales del inmueble y la lluvia torrencial se azotaba con furia impresionante.

Beky y el abogado eran las únicas personas que quedaban en el edificio. Miraron a través de la ventana. Los cables de luz se mecían de un lado a otro chocando entre sí y sacando chispas.

Vieron cómo la estructura metálica de un enorme anuncio espectacular se dobló de repente como si fuera de papel y quedó colgando en el aire unos segundos antes de desprenderse y dejar que el gran letrero de lámina cayera sobre los autos estacionados.

El licenciado caminó al conmutador y trató de marcar. Fue inútil. No había línea. Sacó su teléfono celular y llamó.

—¿Laura? ¿Te encuentras bien? Aléjate de las puertas y ventanas. ¿Yo? Aquí. Todavía en mis oficinas. No pude salir a tiempo. Me entretuve. ¿Bueno? ¿Hola? ¿Me escuchas? ¡Maldición, se cortó! —volteó a ver a Beky—. ¿Ves lo que hiciste, jovencita? ¡Si no fuera por tu culpa, estaría en este momento con mi esposa y con mis hijos!

Beky agachó la cabeza contristada. A ella le daba igual en dónde guarecerse de un huracán. No tenía familia con la cual reunirse... El abogado captó el mensaje y suspiró resignado.

—Bien —dijo despacio—, debemos estar aquí por lo menos un par de horas mientras pasa la crisis más grave. Así que, cuéntame otra vez. ¿Cuál es el problema de tu padre?

Beky apretó los labios y no pudo contener la presión de los sentimientos reprimidos. Era muy joven para tener que lidiar con ese tipo de problemas. Se soltó a llorar. Luego, como ya no estaba obligada a mantener la "persistencia con serenidad", explicó su historia con detalle, regalando confidencias que conmovieron profundamente al abogado.

El hombre la abrazó.

Un relámpago cayó a escasos metros del lugar y el ruido fue tan fuerte que literalmente produjo un temblor. La lluvia recuperó sonoridad y el viento sopló al grado que hizo oscilar el edificio. De pronto, el estruendo de un cristal de la recepción estallando en mil pedazos los ensordeció. Acto seguido, ráfagas de lluvia y aire penetraron al recinto. Beky y el abogado salieron de la oficina y bajaron las escaleras para asomarse a la estancia principal. No pudieron creer lo que veían.

El tronco de un árbol había entrado por la ventana y estaba atravesado en medio de los escritorios. Montañas de agua se pulverizaban al penetrar en el edificio y bañaban cada esquina con la furia ciclópea de un diluvio fuera de control.

PODER DE COMUNICACIÓN: USA LA TÉCNICA DE "TRAGARTE UNA GRABADORA"

REPASO DE CONCEPTOS

01. En ocasiones, la única forma de hacer que alguien acceda a una petición es con insistencia.

02. Plantea lo que deseas o necesitas y repítelo una y otra vez, sin prisa, recordando que no debes entrar en polémicas ni es necesario dar razones o explicaciones.

03. La persona a quien le pides algo con suficiente obstinación, tarde o temprano cederá. Evita alterarte o discutir.

04. Cuando apliques la técnica de "tragarte una grabadora", ten el valor para aguantar gritos y amenazas sin moverte del mismo lugar. Puede ser que la persona a quien solicitas algo quiera huir o trate de obligarte a que te vayas. No lo hagas, a menos que peligre tu integridad física.

ACTIVIDADES

01. Ponte de acuerdo con otro compañero. Pídele algo, usando la técnica de "tragarte una grabadora". Vean quién puede ser más insistente.

02. Inviertan los papeles. Ahora que tu compañero te solicite algo usando la técnica, y tú niégaselo.

03. A partir de ahora, practica la técnica de "tragarse una grabadora" cada vez que solicites algo que no quieran darte.

20 Protegidos o desamparados

—¿Qué hacemos? ¡Un árbol se metió por la ventana!

—¡Pronto! ¡Ayúdenme a rescatar estos paquetes!

La Tía se movía intentando salvar de la inundación sus objetos de valor.

La casa estaba construida debajo de los cables de alta tensión, sobre el cauce de un río seco; ahora, ambas condiciones se erigían para cobrar, de una sola vez, todos los meses de renta a los pobladores de la vivienda ilícita: Se había vuelto a formar el río. Un caudal de agua café de unos cincuenta centímetros de profundidad y diez metros de ancho atravesaba por el fondo de la cañada, topaba con la casa haciendo dos olas que se abrían para rodearla a toda velocidad y crear de nuevo el afluente rectilíneo. Sobre ese escenario, los cables de alta tensión bailaban de un lado a otro amenazando con caerse en medio del caudal.

Por la resurrección del río y por la pendiente del terreno, la cañada se había convertido en un sumidero de llantas, trozos de metal, cartones y ramas. El viento provocaba una impresionante lluvia de basura.

La Tía daba instrucciones a los jóvenes:

—Dense prisa, ¡idiotas! Llévense estas cosas allá arriba. Métanlas al expendio del jorobado.

Sobre el armario había puesto aparatos eléctricos y bolsas de contrabando. Repartía los paquetes a los muchachos y éstos salían de la casa llevando cargamento, hundidos hasta la cintura y luchando contra la corriente. Pero la faena tenía muy poco éxito. Los voluntarios tropezaban y caían soltando los bultos en el río que se encargaba de revolcarlos y hacerlos desaparecer.

—¡Imbéciles! ¿Qué hacen? —se escuchaban los gritos de la Tía—, ¡van a acabar con todo! ¡Grandísimos animales! ¡Tengan cuidado!

El camión de los clavados se había ladeado y su contenido volatilizado por las ráfagas que entraban de manera circular.

Owin se comidió a cargar la televisión personal de la matrona para tratar de ponerla a salvo. Se la echó al hombro y salió por la puerta deteniéndose con una mano en la pared. Como había visto a sus compañeros caer arrastrados por el torrente, para evitar sufrir la misma suerte, caminó despacio asegurándose de afianzar muy bien cada paso. La lluvia empapó el televisor, pero Owin aguantó el embate del río que ahora le sobrepasaba la cintura. Comenzó a escalar con todo cuidado los senderos del barranco. Después de enfrentar cara a cara el viento de la loma, llegó a la bodega del anciano jorobado. No tuvo que tocar. Estaba abierta.

Adentro se habían refugiado varios de sus compañeros. Andrés, Samperio, Lorena, Hugo y cinco muchachos más... Todos estaban sentados en el suelo, asustados e inmóviles. Owin bajó la televisión y se acomodó junto a Lorena. Se aproximó a su mejilla y le dijo:

—Voy abajo. La Tía está sola. Necesita ayuda.

Ella lo tomó de la mano y lo obligó a detenerse para decirle al oído:

—¡No vayas! A tres kilómetros de aquí hay una enorme presa; podría desbordarse o reventarse en cualquier momento y caería una montaña de agua sobre la cañada. ¡Se llevaría la casa como si fuera de papel! Quédate aquí, conmigo.

Owin quiso responder algo, pero el ruido impresionante del aire y de la lluvia le impidió comunicarse.

El jorobado caminaba de un lado a otro hablando consigo mismo. Sus frases eran sueltas e inconexas.

—¡Este es el fin del mundo! ¡Todos moriremos! La bodega se vendrá abajo en cualquier momento. ¡Es la ira de Dios! ¡Nos merecemos esto!

Owin agachó la cabeza. Unos días atrás, Lorena había sido forzada por la pandilla a arrojarse desde la torre para evitar el castigo alternativo de jugar a la "muñeca de trapo". Sufrió un fuerte golpe en la espalda al caer al fondo de la caja precariamente acojinada, y tardó varios minutos en recuperar el aliento. Owin vio la escena con profunda indignación y, como si hubiese recibido una descarga eléctrica, despertó de su letargo para proponerse a toda costa salir de ese lugar llevándose a su chica. Recuperó el cuaderno de su madre, volvió a leerlo y comenzó a planear su huida con absoluta resolución, ¡pero todos los planes habían sido alterados por el huracán!

Owin volvió a mirar al anciano y se concentró en captar las frases que gritaba.

—¡Aquí estamos solo los perdedores! ¡Caímos y no nos levantaremos! ¡Somos amigos del diablo! ¡Por eso nos va siempre mal! ¡Dios nos ha dado la espalda! Todos vamos a morir.

Owin sentía que su corazón latía a toda prisa. En los últimos días se había preguntado de forma insistente por qué había tanta gente desamparada y miserable. Los apuntes de su mamá le dieron una respuesta interesante y ahora el jorobado, de manera indirecta, le estaba diciendo lo mismo. Recordó párrafos de la libreta:

Las AUTORIDADES deben dirigir, pero también proteger. Mi esposo y yo somos AUTORIDADES para Beky y Owin. Por eso debemos protegerlos. Si fallamos como padres, ellos quedarán desamparados.

Últimamente no me he sentido bien de salud y he visto muy alterado a Waldo. Temo que mis hijos sufran por nuestros errores. Muchas AUTORIDADES fallan, y miles de personas inocentes padecen por eso.

¡Cómo quisiera decirle a mis hijos que tengan cuidado! Pase lo que pase, no deben buscar venganza, mancharse las manos, corromperse, o dañar a otros. Si su padre y yo les fallamos, deben ponerse bajo el paraguas de las altas esferas.

La maldad abunda en el mundo y ataca sin piedad a los desprotegidos... Es como una lluvia ácida que les va empapando y carcomiendo el alma, sobre todo cuando quedan expuestos a ella, al holgazanear, tomar alcohol o drogas, robar, mentir y maldecir.

He aprendido que ángeles del bien trabajan día y noche para auxiliarnos de forma invisible. Vale la pena aprovecharlos. ¿Cómo? Poniéndonos bajo su cobertura. Siendo honestos, diciendo la verdad, manteniéndonos lejos de los vicios, trabajando con empeño por lograr nuestras metas, brindando amor y haciendo el bien.

Quienes se ponen bajo el amparo de Dios, son testigos de cosas extraordinarias en sus vidas. Espero que mis hijos lo hagan...

—Debo ir abajo —repitió Owin.

—No —suplicó Lorena—, ¡por favor...! ¡La represa...!

Owin se puso de pie sin acabar de escuchar el aviso que ya conocía y gritó hasta desgañitarse. Como le ocurrió frente a la torre cuando quiso defender a Lorena, esta vez tampoco tartamudeó:

—¿Quién me acompaña? ¡Necesito voluntarios que sepan nadar bien! Allá abajo está la Tía y quizá otros compañeros. No podemos dejarlos solos. Tenemos que rescatarlos.

Un fuerte relámpago hizo retumbar la bodega y el meteoro arreció.

—¡Vamos! ¿Quién va conmigo?

No hubo respuesta. Los "gallos" que se daban valor unos a otros para arrojarse de la torre se comportaban como pollitos mojados y temblorosos cuando de verdad se exigía tener valor.

Owin dio la vuelta y salió. Alguien lo alcanzó. Hugo... No era el mejor colega para realizar el salvamento. La droga lo había mermado al grado de debilitarlo, enflaquecerlo y volverlo lento de reflejos, sin embargo, Owin lo dejó ir con él.

Comenzaron a descender la cañada. El río no parecía haber aumentado de caudal pues corría con toda libertad hacia una desembocadura desconocida. Owin y Hugo llegaron a la casa. Adentro quedaba solo la obesa mujer que se había amarrado al cuerpo varios sacos de monedas.

—¡Vamos afuera! —le dijo Owin.

—¡Quieren robar mis ahorros!

—¡No! Tratamos de ayudarla. Sacarla de aquí, Tía, no sea necia.

Owin se había convertido en un joven alto y fuerte. Le habló a la señora con autoridad por primera vez y ella se sorprendió.

—Sé nadar, pero soy muy torpe.

—El río tiene como un metro de profundidad —le informó el joven—. A... aún podemos caminar. ¡Vamos!

Salieron. Un cable de alta tensión serpenteaba sobre el agua colgando de lo alto de la torre. Lo vieron aterrorizados.

—Si... si tuviera corriente, ya estaríamos electrocutados. ¡Vamos!

Se hizo como de noche. Las ráfagas del viento entraron en espiral. Todo lo que habían visto anteriormente era un juego de niños comparado con el pavoroso fenómeno que observaron frente a ellos. Quedaron petrificados: Una mole impresionante de agua se aproximaba a toda velocidad.

La represa se había roto.

FORTALECE TU PERSONALIDAD PONIÉNDOTE BAJO EL PARAGUAS ESPIRITUAL

REPASO DE CONCEPTOS

01. En gran medida, eres responsable del rumbo que toma tu vida. Mientras más fuerte sea tu personalidad, más fácilmente lograrás evitar el mal que te rodea y propiciar el bien.

02. Cuando alguien agrega a sus problemas las consecuencias de holgazanear, tomar alcohol o drogas, vengarse, robar, mentir y maldecir, se pone bajo una lluvia ácida que lo corrompe y degrada.

03. Si buscas ponerte bajo el paraguas de Dios, muchos de los acontecimientos que parecen malos se convertirán, a la larga, en lecciones de vida que te darán madurez y fortaleza.

04. Aunque te hayan ofendido, sé honesto, di la verdad, mantente lejos de los vicios, trabaja con empeño por lograr tus metas, brinda amor y haz el bien. Eso te coloca bajo el amparo espiritual y, estando ahí, serás testigo de cosas extraordinarias en tu vida.

PREGUNTAS PARA REFLEXIONAR

01. ¿Alguna vez has sentido la presencia del mal cerca de tu vida? ¿Cuándo?

02. ¿Crees que las personas podemos ser libradas de esa maldad por una protección espiritual? ¿Cómo?

03. Ante los problemas, muchas personas desesperadas, propician con sus actos más calamidades. ¿Sabes de algún caso así? Relátalo.

04. ¿Qué puedes hacer, de manera concreta, para salirte de la lluvia ácida del mal y ponerte bajo el resguardo de las altas esferas?

21 Ley de la intercesión

Movidos por el instinto de supervivencia, Owin y Hugo entraron de nuevo a la construcción jalando a la mujer. Apenas lograron refugiarse detrás de la pared, sintieron la embestida. Una mole de agua, cayó sobre la casa. Todas las ventanas se rompieron convirtiéndose en compuertas por las que entraron, a propulsión, chorros de líquido café. El interior de la vivienda comenzó a inundarse rápidamente formando un remolino al centro. Empujada por la corriente circular, la Tía perdió el equilibrio y cayó. Gritó y pidió auxilio. Owin fue derribado también; nadó hacia las tablas de un armario roto. Alcanzó la más grande y braceó hasta la mujer, ella se agarró de inmediato y ordenó:

—¡Busquen mis monedas! ¡Se cayeron!

Hugo intentó obedecer, pero la visibilidad era nula.

—O... olviden eso. ¡Vámonos de aquí! —ordenó Owin.

Por todos los huecos seguía entrando agua; puertas y ventanas se iban achicando y desaparecían quedando abajo del nivel.

Owin miró hacia el techo que se acercaba cada vez más a ellos. En pocos segundos, el interior de la casa quedaría inundado por completo. Era imposible luchar contra el colosal líquido; si no hallaban rápido una salida se ahogarían.

—¡Vamos a tener que zambullirnos! —indicó—. ¿Pueden guardar la respiración?

—Sí —gritó Hugo—. ¡Pronto! ¡No me quiero morir aquí!

—U... usted, señora, ¿puede hacerlo?

Ahora fue ella la que tartamudeó.

—No... no lo... creo. ¿Recuperaron mis monedas?

Los chicos, sin contestarle, actuaron de inmediato. Arrastraron la improvisada balsa sobre la superficie turbulenta hasta llegar al sitio sobre el que debía estar la puerta. El agua seguía entrando. Quedaban escasos treinta centímetros de aire.

—¡Vámonos, ya no hay tiempo! ¡Suelte esa tabla y agárrese de mi mano! ¡Tenemos que nadar!

La Tía se aferró al madero, indispuesta a obedecer.

—¿Qué pasa con usted? ¿Quiere morir aquí? ¡Haga un esfuerzo! Aguante la respiración y nade.

—¿Para qué? —gritó enfurecida—. Perdí todo.

El nivel de agua seguía subiendo. Tuvieron que ladear la cabeza para pegar la nariz al techo y alcanzar las últimas bocanadas de aire disponible. Hugo sintió un acceso de terror y claustrofobia. No lo soportó. Sin decir nada, inspiró profundamente y se zambulló para buscar la salida. Owin y la Tía lo vieron desaparecer debajo de ellos.

—¡Suelte esa madera! —vociferó Owin.

—¡No! ¡No puedo! Si la suelto me voy a ahogar.

—Se ahogará de todas formas. Ya no queda aire.

Owin se sumergió y luchó contra la mujer obligándola a destrabarse de su falsa tabla de salvación. Luego la jaló hacia abajo en busca de la salida. El agua era demasiado turbia. Tanteó sobre el muro ciego. La mujer se sacudía desesperada entorpeciendo la maniobra. En el ajetreo pudo verla a la cara. Tenía los cachetes inflados como un niño antes de soplar su pastel de cumpleaños, pero los ojos desorbitados en un gesto de terror. Estaba a punto de abrir la boca para tratar de inhalar. Owin se apresuró en su exploración desesperada de la pared. Al fin halló el contrafuerte del umbral y se asió de él para descender un poco más. La señora no quiso seguirlo y se soltó. En una fracción de segundo, Owin tuvo la opción de salir para ponerse a salvo o intentar agarrar a la vieja de nuevo. Casi ya no le quedaba aire. Se volvió y atrapó a la mujer por la ropa, luego pataleó con todas sus fuerzas. Una vez cruzando la puerta de la casa, levantó la cara y buceó sin dejar de arrastrar consigo el bulto humano que había dejado de moverse.

Cuando llegó a la superficie y trató de respirar, la tempestad exterior le cubrió la cabeza y tragó agua. Comenzó a toser y volvió a inspirar. La corriente del río lo arrastró. Cientos de objetos flotantes, árboles tajados de raíz; animales muertos, perros, gallinas, borregos, cerdos; ramas, papeles y plásticos, avanzaban a su lado en una loca carrera río abajo. Owin logró asirse a uno de los troncos que antes estuvo erguido sobre la cañada e hizo un esfuerzo para jalar a la Tía. Ignoraba si aún estaba con vida, pero la detuvo del cuello con el brazo libre obligándola a sacar la cabeza del agua. Miró alrededor. No reconoció el lugar. Hugo había desaparecido. A los lados se alzaban dos pequeños muros naturales que hacían las veces de contención.

¿Hacia dónde se dirigía tanta agua con esa velocidad? Owin apretó los dientes aterrado al comprenderlo. ¿A dónde desembocan *todos* los ríos? A los lagos o a...

—Dios mío... Dios mío... —murmuró—. Aquí no hay ningún lago cerca. Solo el mar.

¡El mar! El huracán provenía del mar, y con toda seguridad estaría tomando ahí sus más colosales dimensiones. ¿Qué tan lejos podía estar la costa? Avanzaban a gran velocidad. A ese paso, llegarían en unos cuantos minutos.

Owin al fin tuvo conciencia plena de que su vida estaba al borde de un abismo y que rescatar a la Tía había sido una locura. Desesperado, giró la cabeza para todos lados buscando ayuda. Vio a un hombre cubierto con impermeable de plástico amarillo que corría por la orilla.

—¡Auxilio!

El sujeto hizo señas que Owin no comprendió.

—¿Qué dice?

—¡Trata de nadar hacia este lado!

Owin comenzó a dar patadas intentando dirigirse a la ribera, pero no podía bracear porque con una mano sostenía a la mujer del cuello y con la otra se agarraba del tronco. Tenía que tomar una decisión rápida. Era buen nadador. Si soltaba ambas cargas, con toda seguridad lograría ponerse a salvo, pero si se obstinaba en hacerse el héroe perdería la vida.

—¡Patalea un poco más sin soltar a la mujer! —le gritó el hombre, como si hubiera adivinado su pensamiento.

Owin hizo un esfuerzo. Al fin comprendió las extrañas indicaciones del desconocido: El río se partía en dos. Por la izquierda, el caudal disminuía de fuerza y se angostaba, mientras que por la derecha, el torrente se ampliaba y tomaba más velocidad. Owin llegó a la coyuntura y logró a duras penas, entrar al brazo más pequeño. Infinidad de obstáculos le ayudaron a disminuir la velocidad de inmediato. El nivel del agua era más bajo. Había rocas y basura. Atrancó las piernas en los escollos. Logró detenerse, pero no con la seguridad requerida. La potencia del agua, aunque mucho más pequeña que en el brazo que corría paralelamente, de cualquier forma empujaba con vigor. Otra vez se vio en la misma disyuntiva: Soltar a la mujer y trepar por las rocas para ponerse a salvo o quedarse inmóvil aguantando la presión en sus piernas esperando que alguien los sacara.

El cuerpo de la Tía ajetreado y golpeado, comenzó a reaccionar. Una tos convulsa la hizo vomitar el agua que había tragado.

El hombre de la orilla los alcanzó; detrás de él aparecieron dos personas más, también cubiertas con impermeables amarillos.

—¡Sostente, Owin! Vamos a sacar a la Tía.

El joven razonó entre nubes que debían ser personas cercanas pues conocían el nombre de ambos.

Se sintió agotado y alcanzó a percibir cómo sus piernas se doblaban.

—¡Apúrense! ¡Ya no aguanto más!

La corriente de agua seguía empujándolo a punto de desatrancarlo. El individuo caminó por las rocas y llegó hasta ellos. Traía una soga. Se la amarró a la Tía por la espalda.

—Ya sostuve a la señora —le dijo—. ¡Haz el último esfuerzo y sal de aquí!

Owin obedeció. Le fue difícil mantener el equilibrio. Cuando al fin tocó tierra, cayó de bruces sintiendo que se desmayaba. No supo los detalles de la maniobra que las tres personas tuvieron que hacer para levantar el voluminoso cuerpo de la Tía, pero en unos minutos estaba ya jadeando junto a él.

La lluvia continuaba.

Owin se recuperó un poco y levantó la cara. Los tipos que lo habían auxiliado eran tres hombres musculosos. La lluvia cayendo sobre ellos producía un extraño efecto, como si sus impermeables amarillos estuviesen cubiertos de una grasa repelente al agua que les impidiera mojarse.

—¿Quiénes son ustedes? —preguntó Owin.

—Tranquilízate —dijo una mujer también cubierta con impermeable amarillo que apareció detrás de los hombres—, aunque tu hermana y tú han pasado por muchos problemas, siempre han estado protegidos. Antes de morir, su madre los bendijo.

Owin se paró de un salto y avanzó hacia la mujer.

—¿Usted conoció a mi madre?

—Sí —respondió la dama—, existe una ley en la creación de suma importancia: cuando alguien intercede por otra persona, ayudándola, protegiéndola o pidiendo beneficios para ella, se les dan *a ambas*. Ahora tú has hecho eso por la Tía. Podías haber pensado egoístamente y salir del problema con tus propias fuerzas; si así lo hubieras hecho, te hubieses movido en un plano personal. Esto no es del todo malo, pues quienes se mueven en ese plano alcanzan cierto grado de satisfacción en la vida. Sin embargo, decidiste pensar en las necesidades de otros y ayudar a la mujer que te hizo tanto daño —voltearon a verla; se había puesto a gatas para toser y acabar de expulsar la basura y el agua sucia que había tragado—. Al hacer eso, dejaste el plano personal y pasaste al espiritual. En él recibes beneficios especiales, y no solo tú, ¡las personas a quienes ayudas también las reciben! Esta mujer es merecedora de muchos castigos, pero ha sido puesta bajo la cobertura divina gracias a tu intercesión.

Owin frunció las cejas. No había comprendido ni puesto mucha atención a las palabras de la salvadora porque se esforzaba en recordar quien era. Las gotas de lluvia rebotaban sobre ella sin mojarla, emitiendo pequeñísimos destellos de luz. La miró a los ojos y sintió un escalofrío... Sus ojos eran inconfundibles. Años atrás lo habían mirado mientras decía:

"No soy una bruja. En todo caso, podría decirse lo contrario: Soy una amiga que quiere ayudarlos".

—¡Caray! —murmuró Owin—, ¡la tormenta fue muy fuerte! ¡Demasiado! ¡Perdí su teléfono!, ¡por eso nunca le hablé, maestra! Pero mi hermana... ¡Dios mío! Usted sabe dónde se encuentra mi hermana, ¿verdad?

—No te preocupes por ella —contestó uno de los hombres con voz profunda—. Al igual que tú, siempre ha estado protegida.

Aunque el huracán se había movido de lugar geográfico y avanzaba con toda su fuerza hacia otro lado de la costa, los efectos colaterales daban muestras de su implacable paso por ahí. La lluvia se había vuelto fina y la niebla muy espesa.

—¿Dónde están? —preguntó Owin—. No los veo.

Una mano gruesa y temblorosa le agarró el brazo. Era la Tía que trataba de incorporarse. Owin la ayudó.

—¿Se siente bien?

—Sí... Gracias.

Owin dio unos pasos hacia delante. Las personas de impermeable amarillo, habían desaparecido.

REPASO DE CONCEPTOS

01. Si resuelves tus problemas moviéndote en un plano egoísta, lograrás ciertos resultados y alcanzarás un determinado grado de satisfacción personal.

02. Si, durante un problema, además de pensar en ti mismo, reconoces las necesidades de otros y los ayudas, sacrificando parte de tus beneficios por el bien ajeno, te mueves en el plano espiritual y recibes beneficios especiales.

03. Cuando brindas ayuda desinteresada a un necesitado, se dice que intercedes por él; al hacerlo te pones bajo la cobertura divina, y pones al necesitado bajo la misma cobertura.

04. Existe una ley en la creación: cuando alguien intercede por otra persona, ayudándola, protegiéndola o pidiendo bendiciones para ella, las bendiciones se les dan a ambas.

PREGUNTAS PARA REFLEXIONAR

01. ¿Alguna vez has tenido oportunidad de ayudar a algún necesitado? ¿Cómo se ha sentido esa persona y cómo te has sentido tú?

02. Haz una lista de actividades a tu alcance que podrías realizar para ayudar a la gente necesitada.

03. Planea con tus amigos o hermanos la visita a un asilo de ancianos, a un hospital o a un orfanato. Dedícale tiempo, dale ayuda y cariño a las personas en ese lugar. Escribe lo que ocurrió.

22 Mostrar nuestro lado bueno

Beky miraba por la ventana de la camioneta, profundamente contristada ante la devastación. Nunca antes imaginó que las fuerzas naturales pudieran tener tanto poder.

—¡Parece como si hubiese habido una guerra! —le comentó a su jefa, quien manejaba el vehículo que transportaba medicamentos—. ¡Cuánta gente se quedó sin casa!

—Sí... —respondió la directora de servicio social—, ¿ya viste las fotos que tomaron las personas de nuestro departamento de investigación?

—No.

—Las traigo impresas en la guantera.

Beky abrió la cajuelita y sacó el sobre. Había imágenes de una enorme torre de luz ladeada sobre las ruinas de una casa en la cañada. Los muros de la vivienda seguían en pie, aunque techo, ventanas y puertas habían desaparecido. Una gran cantidad de basura orgánica, entre la que figuraban algunos perros y ratas muertas flotaba en los charcos. Beky sintió que el estómago se le revolvía. Siguió pasando las fotos y contempló el lodazal remanente del violento río que desoló el área en aquel barranco. Luego vio fotografías de otras zonas en donde montañas de tierra habían sepultado casas; de gente desesperada deambulando como zombis entre los despojos del huracán.

Guardó las fotografías en el sobre y se quedó con la vista perdida.

—Cuando hay una catástrofe natural —le dijo su jefa—, los más afectados suelen ser quienes tienen casas improvisadas.

Beky no respondió. Sentía que el corazón se le resquebrajaba solo de imaginar a su hermano viviendo en esos groseros y sucios espacios arrasados.

—¿Y cómo va el caso de tu padre? —le preguntó la conductora tratando de cambiar el tema.

—Mejor —respondió Beky—, el abogado que me recomendó mi maestra, accedió a ayudarlo.

—¿De verdad? ¿Cómo lo convenciste?

—Insistiéndole mucho. En estos años he comprendido que vivimos en un mundo con reglas. La gente es esencialmente buena, pero, por precaución, suele poner barreras. Si logramos traspasar sus defensas, podemos hallar la bondad escondida en cada persona. La clave para lograr eso es comunicarse eficientemente y enseñar, con el ejemplo personal, que vale la pena mostrar nuestro lado bueno.

Llegaron al refugio para damnificados y se bajaron de la camioneta. De inmediato, una mujer morena se acercó a ellas y les dijo:

—¡Señoritas, por favor, encuentren a mi hijo! Se lo llevó el agua de la inundación. Debe estar por algún lado. ¡Por favor! Sé que está vivo, pero no dónde. ¡Ustedes pueden ayudarme, *deben* ayudarme, por lo que más quieran!

—Cálmese, señora —dijo la jefa de Beky—. ¿Cómo es su hijo?

—Delgado, travieso, de tres años...

—¡Tres!

Beky caminó hacia el puesto de socorro y dejó a su jefa hablando con la mujer.

Había varias mesas de coordinación. En una se recibía la comida y el agua que llegaba en camionetas del Ayuntamiento, en otra se inventariaba la ropa mandada por voluntarios de la ciudad, en otra se coordinaban enfermeras, médicos y rescatistas.

—Traemos medicinas —anunció Beky.

Dos asistentes fueron de inmediato por ellas.

Beky observó una mesa larga en la que dos psicólogas atendían a la gente. Un joven se acercó y dijo:

—Mi mamá está muy deprimida. No para de llorar. ¿Pueden hablar con ella?

—¡Por supuesto! —contestó una de las psicólogas—, pero tendrá que esperarnos. Hay varias personas en estado crítico. Estaremos aquí todo el día. Si gusta, puede anotar el nombre de su mamá en esta lista.

Sobre la mesa había una hoja en la que, en efecto, diversas víctimas del huracán se habían anotado con su puño y letra. Beky vio el registro y pensó, por un momento, que estaba teniendo alucinaciones. Cerró los ojos y volvió a abrirlos.

—Dios mío... —murmuró.

No se trataba de un sueño ni de una visión. En la lista había un nombre escrito con caligrafía inconfundible, trazos redondos, letra de molde y rasgos alargados. Sin necesidad de que leyera las palabras, ella sabía *quién* las había escrito. Aun así, le arrebató la hoja al muchacho y se cercioró. Sintió que el huracán regresaba sobre sus pasos para abatirla solo a ella... Puso una mano sobre su pecho. Devolvió la hoja y giró la cabeza abriendo mucho los ojos que se le habían llenado con lágrimas de esperanza.

Se hallaban en un improvisado refugio en la zona marginal de la ciudad. Como el número de damnificados excedía por mucho la capacidad de los sanatorios y albergues, el gobierno había mandado poner dos enormes galerones desarmables. Entró a la techumbre de lona más grande y trató de identificar a Owin. Había mucha gente ahí. Caminó entre los pasillos volteando para todos lados. Recorrió el lugar de ida y vuelta. Después de varios minutos, la zozobra se convirtió en angustia. Owin no estaba. Volvió a comenzar su caminata. Se desesperó. Vio una mesa desocupada y se trepó a ella. Comenzó a gritar:

—¡Owin! ¡Owin Meneses! ¡Soy yo! ¡Tu hermana Beky! ¿Me escuchas? —los murmullos del lugar disminuyeron un poco; varias personas la miraban encaramada sobre la mesa—. ¡Owin! Sé que estás aquí... —como nadie contestaba, se le obstruyó la garganta; volvió a gritar, pero no hubo respuesta—. ¡Si alguien ha visto a un muchacho que se llama Owin Meneses, acérquese, por favor!

Fue inútil. Decepcionada, se bajó de la mesa. Caminó hacia fuera. El segundo pabellón era más chico y estaba lleno de enfermos. Entró a él y buscó. Había decenas de camas improvisadas sobre las que yacían personas con fracturas, descalabros y crisis nerviosas. Una mujer anciana no dejaba de llorar. Dos chicas trataban de tranquilizarla. Varios jóvenes repartían vendas y fomentos, un vagabundo de cabello largo daba masaje en la pierna a otro señor que parecía acalambrado.

—Con permiso —dijo Beky, tratando de identificar a su hermano.

Recorrió el lugar varias veces sin éxito. En la nave pequeña no había ninguna mesa sobre la cual pudiera subirse para gritar... pero era innecesario... Owin tampoco estaba ahí.

Salió de nuevo y se paró junto a los coordinadores. El corazón le seguía latiendo con fuerza; su júbilo inicial se había convertido en frustración.

—Tiene que estar cerca... —murmuró.

De repente, un presentimiento la hizo estremecerse. ¿Podía ser cierto? ¿Era factible?

Regresó al pabellón de los enfermos y fue directo hasta el vagabundo de cabello largo que daba frotación al acalambrado. Se paró detrás de él y lo observó. Era un hombre con pantalón descolorido, barba rala y huaraches viejos. Le tocó el hombro y el indigente se giró para verla. Detrás del disfraz que le había impuesto la calle y la mala vida se adivinaba una expresión juvenil. Aunque su gran corpulencia y desaliño le daban la apariencia de un hombre mayor, en realidad se trataba solo de un joven de aproximadamente ¿dieciocho años?

Las vibraciones de una química inconfundible la hicieron temblar. ¿Podía ser cierto? ¿Era factible?

—¿Owin? ¿Eres tú?

El vagabundo se puso lentamente de pie con los ojos redondos como platos.

Un escalofrío lento le recorrió la nuca y la hizo inspirar...

—¿Beky? —preguntó él con voz ronca.

—¡Sí!

Quisieron abrazarse, pero una emoción paralizante se los impidió. Era demasiado bueno para ser verdad. ¡Después de años separados volvían a encontrarse, frente a frente!

—¡Estás aquí...! —dijo él sintiendo que deliraba.

—¡Sí! —gritó ella, pero no pudo decir más porque todas sus funciones vitales quedaron suspendidas durante unos segundos. El muchacho de cabello largo apretaba los labios y la miraba con los ojos cristalizados.

Ella inhaló y exhaló.

—¡Owin! —se llevó ambas manos a la cabeza y lanzó un nuevo grito de emoción. Después balbuceó—: ¡Hermano! ¡Hermanito! ¡Dios mío! ¡No lo puedo creer! —volvió a gritar—. ¿Dónde has estado? ¿Qué haces aquí? Mírate, nada más. ¡Parece que el huracán te revolcó por todo el barranco! ¡Estás lleno de raspones y moretones! ¡Owin! Hermano... ¿Qué te pasó? ¿Dónde estuviste todos estos años?

El joven no respondió. Eran demasiadas preguntas y muy largas las respuestas.

La techumbre de plástico producía un efecto de invernadero en el interior y, aunque los damnificados se quejaban continuamente del excesivo calor, dejaron de hacerlo al contemplar el encuentro de los dos muchachos.

—¡Te extrañé mucho, Beky! Creí que te había pasado algo y que nunca te volvería a ver.

—Yo también —respondió ella sin dejar de ceñirlo—. Llegué a pensar lo peor. He pasado estos años en un orfanato. No me ha ido mal. Pude trabajar y aprender muchas cosas. ¿Pero, y tú? —se separó—. ¿Dónde has vivido?

Owin la observó antes de responder. Su hermana se había convertido en una hermosa chica de rostro fino y mirada limpia. Llevaba una blusa moderna, pincelada con trazos morados, verdes y amarillos.

—Viví también en una especie de orfanato —confesó—, al fondo de la cañada, bajo unas torres de alta tensión.

—¡No puede ser! —se asombró ella—. ¿Estuviste en una casa que casi se derrumbó, en medio del canal donde se formó el río?

—Sí. ¿Cómo lo sabes?

—Vi las fotos... ¡Dios mío! Es increíble. Owin, ¿por qué? ¿Por qué nos ha tocado sufrir tanto? ¿Por qué tuviste que acabar en ese lugar? ¡Varias veces hubo excursiones de servicio social a los barrancos y yo nunca fui! ¡Pensé que habías cruzado la frontera!

—Pues ya ves. No lo hice... —agachó la cara tratando de poner en orden su revoltura mental—. Y dime —preguntó después—, ¿cómo está papá?

—En la cárcel. Le faltan cinco años para salir, pero un buen abogado accedió a ayudarlo sin cobrarnos nada. Realizará algunas apelaciones y quizá lo liberen antes.

—Vaya... y... y... ¿cómo conseguiste ese abogado?

—Me lo recomendó nuestra maestra. He hablado con ella por teléfono, algunas veces...

Owin abrió mucho los ojos, pero no dijo nada.

Dos personas murmuraban. "Seguramente se perdieron durante el huracán y acaban de rencontrarse." Owin y Beky escucharon los rumores sin aclarar que su caso era distinto. Que el uno era toda la familia del otro y que llevaban varios años buscándose.

Una chica de mirada dulce y aspecto sencillo se acercó a ellos. Owin la recibió cariñosamente y la presentó.

—Es Lorena. Mi... mi novia...

Las mujeres se miraron con ojos indefensos. Lorena extendió la mano, pero Beky fue más allá y le dio un abrazo.

—¡Qué gusto conocerte! —dijo Lorena—. Tu hermano habla de ti todos los días desde que lo conozco.

Beky suspiró.

—¡Han pasado tantas cosas! —se volvió a Owin y le dijo—: Olvidé que habías crecido... La última vez que te vi eras pequeño, gordito y temeroso. Además, tartamudeabas demasiado...

—Todavía lo hago —respondió—, cada vez menos... Hace poco tuve una fuerte experiencia. Sentí tanto coraje conmigo mismo, y tantos deseos de superarme *de verdad*, que fue como si me hubiese destrabado...

—No lo puedo creer...

—¡Owin, me costó trabajo reconocerte! ¡Tienes el cabello larguísimo! ¡Voy a tener que llevarte de urgencia a la peluquería! Lorena, ¿cómo lo puedes soportar así?

—Tal vez porque lo he visto desde hace años... y me enamoré de su alma...

Hubo un instante de silencio y luego los tres soltaron a reír.

Beky anunció:

—Ya tendremos tiempo de charlar con tranquilidad. Ahora recojan todas sus pertenencias. Los llevaré al lugar donde yo vivo.

—No todavía —dijo Owin—. Hay mucha gente que necesita ayuda y quiero aprovechar la oportunidad de dársela.

—Sí —dijo Lorena—. Hay mucho trabajo aquí.

—Pues trabajemos juntos.

Caminaron por la nave.

Dos enfermeras ponían afanosamente compresas de agua en el brazo de una mujer obesa. Pasaron junto a ellas.

Owin saludó a la herida.

—¿Cómo te sientes, Tía...?

—Bien, Owin —contestó la señora—. Muchas gracias. ¿Me puedes conseguir un poco de agua?

—Claro, ahora te la mando.

Beky preguntó casi en secreto:

—¿Por qué le dijiste tía?

—Es una larga historia.

Beky, Owin y Lorena, salieron por provisiones. Eran tres jóvenes que habían vivido experiencias más duras y más aleccionadoras que muchos adultos. ¿Por qué? Nadie lo sabía. Lo cierto es que cada lección asimilada por quienes superan la adversidad en esta Tierra se vuelve sabiduría para el mundo e inspiración para los demás.

Owin sonreía sin darse cuenta. Enlazando a su hermana con el brazo derecho y a Lorena con el izquierdo, caminó en medio de ellas dando gracias en silencio y conmovido por una sensación interna de paz y plenitud que hacía mucho tiempo no sentía.

REPASO DE CONCEPTOS

01. Gran parte de la psicoterapia tiene como finalidad quitar las barreras de negativismo que las personas se han impuesto como autodefensa.

02. La gente es esencialmente buena, pero, por precaución, suele revestirse de amargura. Si logramos traspasar las barreras, podemos hallar la bondad escondida en cada persona.

03. En muchos casos, tú puedes quitar las barreras de fastidio y enfado mostrando a los demás la bondad escondida que hay en ti.

04. La clave para hallar la bondad escondida es comunicarse con eficiencia y enseñar, con el ejemplo personal, que vale la pena mostrar nuestro lado bueno.

ACTIVIDADES

01. Haz un cuadro sinóptico con los principales conceptos de este libro.

02. Escribe y explica con tus propias palabras los principales conceptos del cuadro sinóptico anterior.

03. Prepara un discurso con uno de los temas que más te haya gustado y escríbelo. Después, si puedes, preséntalo en público.

04. Trabaja de manera consciente por lograr una verdadera personalidad afirmativa.

23 Epílogo

El hospital se hallaba en medio de un enorme paraje boscoso a treinta minutos de la ciudad. Varios ancianos caminaban por los prados libremente. Vestían ropa informal y daban la apariencia de ser muy felices.

El observador espontáneo pensaría que se trataba de un asilo paradisíaco, pero analizándose a detalle, podía descubrirse a los guardias médicos de enorme corpulencia, a las enfermeras de planta y al tosco vigilante que cuidaba la reja de hierro forjado.

El señor Waldo Meneses estaba frente a nosotros con la vista extraviada; su hijo Owin, lo tomó de la mano cariñosamente.

—Papá —le dijo—, ya nos tenemos que ir.

El anciano se quedó quieto, mirando a su hijo sin mirarlo, como si pudiera ver a través de él.

—¿Papá, me escuchas?

No hubo respuesta. Se me hizo un nudo en la garganta. Waldo Meneses había perdido su coordinación motriz, su memoria y las nociones de tiempo, espacio y realidad.

Owin abrazó a su padre y levantó la mano para pedir ayuda a una de las enfermeras.

—Vámonos, señor Meneses —le dijo la mujer que llegó casi de inmediato—. Es hora de hacer ejercicio...

Con profunda tristeza, observamos al anciano alejarse por el prado.

—¿Desde cuándo está así? —pregunté.

—Desde hace diez años. Quizá un poco más. Los trastornos mentales lo han atacado de manera muy lenta. Creo que nunca se recuperó por completo de la muerte de mi madre. Tuvo labilidad emocional, insomnio y depresión continua... Comenzó a perder el juicio poco a poco, casi imperceptiblemente.

Vimos al señor Meneses desaparecer en la esquina del edificio, tomando de la mano a su enfermera como un niño pequeño se toma de la mano de su madre al cruzar la calle.

—Quizá el haber estado en la cárcel durante cinco años contribuyó a su decadencia —comenté.

—Puede ser —contestó Owin—, desde aquel entonces había indicios de algunas anormalidades psiquiátricas. Pero cuando lo liberaron anticipadamente, con la ayuda del abogado que consiguió Beky, volvió a trabajar como mecánico en una maquiladora de la frontera. Rentamos un departamento y volvimos a vivir los tres juntos. Iniciamos una etapa diferente. Yo estuve en tratamiento psicológico por varios años y me dediqué a estudiar de manera obsesiva para recuperar el tiempo perdido. Mi novia, Lorena, regresó con su madre, y mi hermana, Beky, siguió trabajando. Ahora se dedica a coordinar fundaciones para niños de escasos recursos en la Junta de Asistencia Privada. Es una mujer incansable y tenaz... Siempre se sale con la suya. Nadie puede negarle un favor y ¡ha hecho tanto bien!

—Me imagino. Debe ser una experta en comunicación afirmativa, pero dígame, el asunto de aquellas personas vestidas con gabardina amarilla que lo ayudaron en el río... Todavía me estremece.

Owin sonrió un poco.

—A mí me pasa lo mismo cada vez que lo recuerdo.

—¿Y no sería que usted estaba muy ofuscado después de casi ahogarse, y tuvo alguna especie de alucinación?

—Es posible. También he llegado a pensar eso, sin embargo, soy muy cauteloso para las conclusiones definitivas. Siendo honestos, ni usted ni yo podemos asegurar que la ayuda repentina de algunas personas que han aparecido y desaparecido en nuestras vidas sea una simple casualidad.

Protesté con sarcasmo:

—¡Pues yo soy un escritor pragmático y nunca he sentido la presencia de ángeles!

Owin se encogió de hombros.

—¿Y eso qué importa? El mundo invisible existe, aunque no lo percibamos... Todos sabemos que después de una explosión nuclear, las radiaciones flotan en el aire sin que las veamos; sabemos que en la palma de nuestra mano hay millones de seres microscópicos que tienen su propio universo en el que crecen, se reproducen y mueren; sabemos que alrededor de nosotros pululan millones de ondas hertzianas de distintas frecuencias; sabemos que existe un mundo que no podemos ver. El hombre ha ido inventando aparatos para medir las manifestaciones de ese mundo invisible, pero sin duda nos falta mucho por descubrir. Quizá algún día exista un método para detectar a los ángeles que existen a nuestro alrededor.

¡Están ahí e interactúan con nosotros, lo creamos o no! —hizo una ligera pausa para bajar el tono de su voz a un nivel de intimidad—. Hace poco escuché una canción cuyo estribillo decía: "Dios existe porque lo siento en mi ser" —canturreó—. Aunque sonaba hermosa, era una verdad a medias. ¡Dios existe, lo sientas o no lo sientas! De hecho, con nuestras capacidades humanas estamos limitados para sondear el mundo espiritual, pero entiéndame, nuestra limitación no anula la existencia de ese mundo. Por eso debemos tratarlo con respeto.

Rompí una pequeña pajita del césped en el que estábamos sentados y jugueteé con ella.

—Precisamente por eso —respondí como objetando—, ¡porque los humanos estamos en un plano y los espíritus en otro, pienso que aquellas personas vestidas con impermeables amarillos eran de carne y hueso! ¡No puedo concebirlo de otra forma!

Owin se encogió de hombros.

—Quizá tenga razón... Yo no soy nadie para atreverme a asegurar lo contrario.

Bajé la guardia. Era difícil hacer titubear a una persona asertiva. Hice una última pregunta al respecto.

—¿Usted y Beky nunca trataron de buscar a su maestra, después?

—Sí —contestó Owin—. Hace algunos años regresamos a nuestra vieja escuela en la capital. El director era nuevo y no tenía registros de que una profesora suplente, de las características que le describimos, hubiera trabajado en ese colegio cuando Beky y yo asistimos a él. Quizá la carencia de información se debía a que la profesora solo estuvo ahí unas semanas, pero también investigamos el número telefónico que nos dio, a través del cual mi hermana se comunicó con ella varias veces. No existía. Después revisamos los papeles de la custodia. El hombre vestido de negro que llegó por mi hermana firmó como "Felipe" y un apellido extranjero. Parece que se fue del país. El domicilio que anotó es el de un enorme parque con prados y árboles. No sabemos más, ni hemos querido seguir indagando.

—Eso es increíble.

—Lo es... pero, no se agobie por ello, todo nuestro mundo es increíble. Observe ese colibrí batiendo las alas ochenta veces por segundo, vea las gotas transparentes de rocío deslizándose sobre aquella flor, analice la belleza de este bosque... perciba el agradable efecto del aire penetrando en sus pulmones y la extraordinaria sincronización de sus órganos internos. Estamos tan acostumbrados a lo extraordinario que lo despreciamos, y buscamos afanosamente fenómenos milagrosos para sentir asombro... pero profundice en la realidad y vea que cada segundo a su alrededor ocurren cientos de milagros... La arrogancia nos hace olvidar todo eso, y, lo más triste, nos hace olvidar que hemos sido creados con un propósito... ¡Nuestra vida tiene sentido, por más disparatada que parezca a veces! No podemos renegar de los acontecimientos porque todos ellos nos van marcando un derrotero. Si cada uno de los seres humanos analizara su pasado, podría dar testimonio de cosas inexplicables que lo han ido preparando para algo cada vez mejor. ¿Por qué está mi padre en este asilo médico? ¿Por qué está usted aquí, entrevistándonos a mi esposa y a mí con intenciones de escribir un libro? ¿Cuántos lectores conocerán a través de lo que usted escriba, lo que Beky y yo vivimos? Yo no trato de comprenderlo todo.

Me dejo guiar y hago mi parte cada día para dignificar mi vida y la vida de la gente que me rodea. ¡Todos somos interdependientes! Formamos un gran cuerpo en el que nuestro Creador es la cabeza; la pierna no debe preguntar a la mano por qué se mece de un lado a otro mientras ella camina. Todos tenemos una misión y yo trato de cumplir la mía.

Owin Meneses terminó sus reflexiones y se puso de pie lentamente. Su esposa y yo lo imitamos. Miramos a nuestro alrededor. El hospital privado era espacioso y moderno; especial para personas de edad avanzada con necesidades de tratamiento continuo.

—Me alegra que ustedes dos se hayan casado —comenté—, creo que el haber sufrido juntos, cuando eran jóvenes, les permite ahora tener una sensibilidad y una profundidad extraordinaria que, por cierto, me servirá de inspiración cuando escriba el libro.

Lorena y Owin agradecieron el cumplido. Conformaban una bella pareja. Volví a despedirme de ellos, subí a mi automóvil y me dirigí al aeropuerto.

Mientras manejaba, sin darme cuenta, respiraba muy profundo y apreciaba, por primera vez en mi vida, las enormes maravillas que había a mi alrededor...

GUÍA PARA PRUEBA DE LECTURA

Si deseas usar este libro como material de trabajo para incrementar tu velocidad de lectura, realiza periódicamente un ejercicio como el que se indica a continuación.

- Vuelve a leer cada capítulo sin las guías de estudio impresas al final, y toma tu tiempo de lectura. Procura leer rápido, pero comprendiendo cada concepto. Después realiza las siguientes operaciones para registrar tu velocidad:

  1. Anota tu tiempo en minutos y segundos.
  2. Convierte los segundos a décimas, dividiéndolos entre 60.
  3. Divide el número de palabras del capítulo, entre tu tiempo.
  4. La última cifra es tu velocidad en palabras por minutos.

Repite el ejercicio y observa tu progreso.

Ejemplo:

- Si tardaste en leer un capítulo, 5 minutos y 45 segundos, anota en la columna **Tiempo 5´45´´**

- Divide 45 segundos entre 60 para realizar la conversión a décimas $45 \div 60 = 0.75$ y anota el resultado en la columna

T. Convertido: 5.75

- Divide el tiempo convertido entre el número de palabras del capítulo, (dato que se da en la tabla), y anota el resultado en la columna **Vel. de lectura.** Ejemplo $1288 \div 5.75 = 224$ palabras por minuto.

Capítulo	Tiempo	T. Convertido	Palabras	Vel. de lectura
1			1265	
2			1455	
3			1696	
4			1595	
5			1218	
6			1335	
7			1294	
8			1119	
9			1381	
10			1637	
11			1923	
12			1796	
13			1822	
14			1787	
15			2035	
16			1552	
17			1828	
18			1450	
19			1657	
20			1578	
21			1983	
22			2206	
Epílogo			1407	

IMPRESO EN MÉXICO / PRINTED IN MEXICO

Este libro se imprimió en mayo de 2021
en los talleres de Litográfica Ingramex, S.A. de C.V.
Centeno 162-1, Col. Granjas Esmeralda,
Ciudad de México C.P. 09810
ESD 1e-2-1-3-M-5-05-2021